U0124354

扯 chat

邬晓莉◎著

余　涛◎插图

GUANGXI NORMAL UNIVERSITY PRESS
广西师范大学出版社
· 桂林 ·

扯

Che

图书在版编目（CIP）数据

扯／邬晓莉著；余涛插图．—桂林：广西师范大学
出版社，2016.7（2016.9 重印）

ISBN 978-7-5495-8496-3

Ⅰ．①扯… Ⅱ．①邬…②余… Ⅲ．①随笔－作品集－
中国－当代 Ⅳ．①I267.1

中国版本图书馆 CIP 数据核字（2016）第 155188 号

广西师范大学出版社出版发行

（ 广西桂林市中华路 22 号　邮政编码：541001 ）
网址：http://www.bbtpress.com

出版人：张艺兵

全国新华书店经销

桂林广大印务有限责任公司印刷

（桂林市临桂县秧塘工业园西城大道北侧广西师范大学出版社集团
有限公司创意产业园　邮政编码：541100）

开本：880 mm ×1 240 mm　1/32

印张：9.625　　　字数：90 千字　　　图：92 幅

2016 年 7 月第 1 版　　　2016 年 9 月第 3 次印刷

定价：48.00 元

如发现印装质量问题，影响阅读，请与印刷厂联系调换。

天光云影共徘徊
——序 Ally 家庭对话集《扯》

2013、2014 年，是我生命中极其黯淡的两年。在这两年里，Ally 时断时续的《扯》，给了我很多快乐。我常常看着看着就不由自主地笑起来，皱巴巴的心情一下子舒展了，素未谋面的笛子和 Mr.Zhang，都成了我生命中的重要他人。

与 Ally 相识，极其偶然。

2007 年，在全国外国语学校第 25 届年会上，作为工作人员的我，偶遇 Ally 吃力地拖着一大堆书，于是帮她把书分发下去，我自然也获赠一本。

晚上，我一口气读完 Ally《爱的叮咛》，惊为天书。

我被 Ally 的情怀深深打动，老实说，我从未见过一个如此美丽的灵魂！为了孩子，一个校长，一个故事，一段广播，一段旋律。每天傍晚，准时开播，近十年没有间断……爱的叮咛，是中国教育史上从未有过的创举，也是一个奇迹。她成了所有孩子的校长妈妈，无论孩子们走向哪里，校长妈妈的故事和旋律都会伴随他们一生。正如 Mr.Zhang 调侃的，Ally 不是传奇，而是奇迹。奇迹是从泥土里长出来的，是创造出来的，传奇不是。

这个奇迹还在于，Ally 极有可能是中国唯一执教过大学、高中、初中、小学、幼儿园的老师，她还参与了 3 所学校的创建，如今这 3 所学校，排队报名都要惊动防暴警察维持秩序，可见火爆到了什么程度。

Ally 的观念很朴素，办一所温暖的学校，校园既是家园，也是乐园。伴随着校长妈妈的故事，孩子们和笛子一样温暖成长，自由欢快，笛音清亮。

Ally 成为深圳的教育名片，绝不是偶然。完成从大学到小学倒金字塔教学大满贯，在过去的十二年的时间里连续创办两所名校，这是 Ally 速度，也是深圳速度。

所有人都很好奇，走出校园的校长妈妈，Ally，究竟是什么模样。

答案尽在《扯》中。

《扯》是 Ally 家庭对话录，全书由两部分组成。笛子在耶鲁求学时的"我们俩"，笛子回来后的"我们仨"。《扯》与杨绛先生的《我们仨》有点相似，杨绛《我们仨》由内向外，由个人命运秉烛历史风云；Ally 的《扯》则不断向内，聚焦世间百态于个体心灵。

在《扯》的阅读中，一个更加饱满鲜活的 Ally 跃然纸上，一个温馨美满的家庭活色生香。Ally 的中国好家庭，概括起来有三大特点。

❖ 其一是专注。

在家里，校长妈妈变成了孩子，Ally 专注于任性，Mr. Zhang 则专注于调侃，插科打诨。但 Mr.Zhang 分寸感极强，一旦 Ally 不满，很快就会多元解读，甚或自嘲、"自黑"，博佳人一笑。

Mr.Zhang 对 Ally 说：如果将来你要出本自传的话，书名我已经帮你想好了，一个字《乱》。

见 Ally 非常生气，他马上说：当然呐，你是一篇散文，形散而神不散。

因为信奉"真理掌握在声音大的人手里"，好容易占了一次上风，Ally 一定要"宜将剩勇追穷寇"，把上风进行到底。

Mr.Zhang 说：我们班一女同学特逗，她对她老公说，如果你不开心，就是你一个人不开心；如果你敢让我不开心，全家人都不会开心！

Ally 说：这一点在我家同样适用。

Mr.Zhang 还有一个非常好的习惯，只要遇见好的东西，不管是美食，风景，还是思想，总喜欢第一时间与 Ally 分享。

有一天，Mr.Zhang 与 Ally 分享朋友的微信：不要与傻子争辩，否则别人不知道谁是傻子。

Ally 说：所以我从不与你争辩！

这是 Ally 很少大获全胜的时候，但我们都很明白，遇见了 Mr.Zhang，Ally 是知足的，甚或要开出花来的。这种花因为 6 年两地书的浇灌，也因为"冷得发烫的月光"的融化，今年花胜去年红。

Ally 曾经和我交流，笛子申请耶鲁大学的时候，成绩并不是最突出的，之所以被录取，很可能是因为笛子的音乐才能。那一刻，我突然灵台透亮，接着说，也许不是音乐才能，而是笛子十八年如一日对音乐的热情，这种持之以恒的专注打动了评委。Ally 深以为然。

其实，笛子的这一种专注，与 Ally 十年如一日"爱的叮咛"难道没有关系？与 Mr.Zhang 8 年不间断接送笛子难道没有关系？与 Mr.Zhang、Ally 25 年久而弥笃的爱情没有关系？

香港中文大学唐端正教授提出一个重要概念——生命流，即一代一代的精神、品位和气质，如同河流的流转，一直传递流淌下去。

生命不息，精神不止。

❖ 其二是浪漫。

作为深圳的追梦人，Mr.Zhang 和 Ally 经历了奋斗，也经历了成长；收获了岁月，也收获了爱情。正如许戈辉所说："因为到了这座城市，从此手心的纹路，长出了另外的弧度。"

对 Mr.Zhang 来说，也许他不能热爱整个世界，但可以疼惜一个女人；不能温暖一座城市，但可以焐热一双小手。

那么，对于漫长的岁月而言，爱情究竟意味着什么？是什么让 20 多年之后的 Mr.Zhang，再次拿起笔给 Ally 写诗？

也许，真正的爱情，不在于山盟海誓，不在于轰轰烈烈，甚至也不在于生死相依。为自己所爱的人从容赴死并不困难，真正难以做到的是在时光长河的淘洗之下，在岁月流年的光影之中，还能拥有一颗初恋浪漫的心。

永远幽默，永远浪漫，永远让生活多姿多彩、温婉温馨，这是 Mr.Zhang 和 Ally 最让我感动的地方。

Ally 洗漱好出来。

Mr.Zhang 说：我可能做了件让你很不高兴的事。

Ally 问：赶快如实招来！

Mr.Zhang 说：我把锅碗瓢盆全洗干净了。

Ally 说：这就是你的不是了，怎么能随便剥夺别人的劳动机会呢！

Mr.Zhang 说：我真的错了！我发誓下不为例！

Ally 说：有些错误是可以重复犯的，我会再次原谅你的！

这个段子中，Mr.Zhang 怜惜 Ally，煞费苦心地取悦 Ally，让人忍俊不禁。而 Ally 内心幸福满满，表面上却波澜不惊地告诫 Mr.Zhang，更是让人笑倒。诗云："得成比目何辞死，愿作鸳鸯不羡仙。"在这里又找到新的注脚。

Mr.Zhang 抱怨道：我的地位每况愈下呀！

Ally 问：这又是咋的啦？

Mr.Zhang 说：刚住过来 SWIS（国际部）的时候，是你从食堂打早餐给我吃，后来是两人一起下去吃，现在成了我打早餐给你吃。

Ally 说：我的理解正好相反，这恰好说明你的地位在不断提升，已经反客为主了。

其实，作为丙方的 Mr.Zhang，地位非常稳固，不可能每况愈下。之所以这样抱怨和抗议，无非是撒娇。Ally 的反击非常有力，只有反客为主的人，才能自我安排，把 Ally 的校园当成了自己的家。如此高规格的待遇，Mr.Zhang 还有什么话可说呢！

这种浪漫，还在一个有趣的桥段中，体现得淋漓尽致。

这段时间住在国际部公寓，散步地点从公园改为操场。

昨晚，Mr.Zhang 站在操场边向电脑老师请教技术方面的问题，Ally 只好一个人绕着跑道快步走。一会儿，远远地听见 Mr.Zhang 在叫：邬校长！Ally Wu！

见 Ally 没有理他，Mr.Zhang 提高嗓门，继续叫：老婆！快过来，"首长"来电啦！

Ally 知道是女儿的电话，赶紧往回跑，接过电话，里面传来笛子的笑声，半天停不下来。

"笛子的笑声，半天停不下来。"这种笑声明亮，清澈，欢快，贯穿了这个家庭，成为这个家庭永不更改的色调，也感染了无数的俗人。

正如 Ally 所说，让孩子真正成长的不是父母的陪伴，而是父母之间浪漫的真爱。

❖ 其三是深情。

Mr.Zhang 和 Ally 的爱情，因为专注而浪漫，因为浪漫而深情。这种深情，因为笛子的加入，更显得温馨暖人。

笛子的瑜伽课结束了，早上又喜欢跑过来躺在爸妈之间聊天。

Mr.Zhang 说：你怎么总喜欢躺在中间呀？

笛子说：好平衡两个大国之间的关系。

其实，得了 Mr.Zhang 真传的笛子，根本不是平衡两个大国之间的关系，而是煽风点火，唯恐后院不乱。中国人向来活得太沉重了，从来不知道给自己找一点乐子。笛子这种顽劣的做法，让小家庭生活充满了烟火色。这是生活的本色，也是生活的真味。

记得大学时，过年去导师家，看到他自撰的一副对联。上联是：猫跑狗跳；下联为：鸡飞蛋打。横批是：一地鸡毛。

当时读了，非常佩服。我师不拘一格，小小一副春联，就把春节的欢乐和喜庆抒发得淋漓尽致。

笛子就有这个意思。她常常贬词褒用，或者反讽，调侃老爸和老妈。

某天，笛子忽悠 Mr.Zhang：老爸，像你这么帅的人不应该这么有本事！

Mr.Zhang 说：人不可貌相，像你妈这么漂亮的人，谁也不会相信她有这么能干的。

Ally 听了，除了开心还能够怎样。记得记者采访小野洋子和约翰·列侬时，小野洋子说过这么一句话："我和他婚后只做了一件事，这就是，笑！"

笑是幸福的敞开，也是生命的绽放。

当 Mr.Zhang 把教育 Ally 的重任交给笛子的时候，其实，也把照顾 Ally 的重任交给了笛子。但我看来看去，还是不知道谁在照顾谁呢？

笛子和 Mr.Zhang 就是不喜欢吃苹果，平时都是 Ally 切成块儿喂着吃，才勉强吃几口。

Ally 说：妈妈要去上海出差几天，你在家要乖乖的哈。

笛子调皮地说：那没人喂我吃苹果咋办？

Ally 说：你放心，今儿会把几天的水果喂好了再走。

笛子直呼"救命"！

Ally 因为要保持笛子舞蹈家的身材，常常善意地提醒笛子的饮食。顽皮的笛子还对 Ally 说：

我怀疑我不是你亲生的。

Ally 问：啥意思呀？

笛子说：小时候，我不想吃饭吧，你硬逼着我吃，现在我想多吃点儿吧，你又不让我吃。

我一直不知道 Mr.Zhang 和 Ally 谁更有名。只知道 Mr.Zhang 想方设法地把聚光灯打在 Ally 的身上，而他心甘情愿做名女人背后的那个好男人。

一哥们对 Mr.Zhang 说：老兄，你长了一张明星脸！

Mr.Zhang 有些得意，忽然看见 Ally 在一旁冷眼看着他，立马说道：我也就是长得像而已，我老婆本身就是一明星！

Mr.Zhang 说，当初为了挣脱老板的束缚，我跳出了体制，没想到，老板不在，还有老板娘。

Mr.Zhang 同学聚会，突然发现好几个同学的老婆都是校长。Mr.Zhang 自豪地说，这年头不培养出个校长都不敢随便出来混！

类似这样经典的段子，如同粉红的毛线，从岁月的深处扯出来，越扯越多，把这个温馨的家庭团团缠绕。

《扯》是一本甜蜜的书，一本温馨的书。

Mr.Zhang，如天空一般广阔、深邃、包容。

Ally，如云朵一样纯洁、轻盈、快乐。

笛子呢，则如半亩方塘一样纯净、清澈、明亮。

这幸福的一家子，手"扯"彩练当空舞，天光云影共徘徊。让那些所谓惊天动地的爱情黯淡无光，让天下很多的家庭寡然无味，也让我们这些俗人，低，低到尘埃里去。

期待 Ally 和 Mr.Zhang，共赴岁月到永久，且以深情共白头。

——王开东写于苏州中学碧霞祠畔

2015 年 8 月 3 日

自序：扯出一缕阳光

我的四平八稳的人生在 2012 年下半年陷入黑暗……

到现在我都不想去回忆自己是怎样熬过那两年的，也许是从前太过幸运了吧，那两年中，我集中遇见了今生能遇见的最最负面而怪异的各种奇葩的人和事，那两年里经历过的负面的事情是我前 20 年经历过的总和，每天堆积在心里的负能量足以摧毁任何一个钢铁硬汉。我的身体终于毫不掩饰它的备受摧残，整个免疫系统出问题了，直接表现出来的就是面部皮肤过敏，最严重的那几个月，我必须戴着口罩才能出门上班。

也许真的是人们所说的那样，人们总是最缺什么就最喜欢晒什么。那个时候，我的工作中最缺的就是正能量，我必须找到内在的力量来支撑自己往前走。那个时候，住在东边的我，每天要向西背对阳光走半个小时，才能到达那个让人郁闷的工作场所。最初，那半个小时显得那么漫长而黑暗，每天早上醒来，都得花好长时间说服自己，才有勇气坐到车里。曾听过这样一句话：经过人生的荒凉，才能抵达内心的繁华。为了让上班的路途没那么煎熬，我开始尝试记录我和先生以及孩子之间的那些有趣的对话，从平凡琐碎的"小确幸"中汲取能量。我并非天生乐观，也许是看过、经历过世间的荒凉，我的心开始一点一滴地繁华起来，懂得开导自己，懂得珍惜幸福，懂得收藏美好的记忆，懂得让自己快乐起来……即使白天在外遭受荒漠黄沙的冲击，也能在夜晚享受绿洲的抚慰，为第二天的奋斗积蓄充沛的力量。

找一个可以一起胡吹海侃一辈子的人真是件幸运的事情，找一个能把你看得透透的而又能包容接纳你的人是幸之又幸的事。笛子曾经问我当初为什么会选择 Mr.Zhang，我调侃说是眼神儿不好瞎撞的，而真实的原因是因为在他面前我特别放松，完全可以卸下所有的盔甲和伪装，做最真实的自己。因为他的包容接纳，让我可以接受和悦纳自己的不完美，那是一种非常舒服的状态。Mr.Zhang 从来就不是个浪漫的人，不善于说一些甜言蜜语，可他又是最懂说话技巧的人，批评说得像表扬，表扬也永远是在调侃，让你不会难堪，也不会过分骄傲，真真假假之间，很多观点都不动声色地表达出来了。

也许因为从小喜欢读书吧，Mr.Zhang 是个特别明理通透的人，对人性有着深刻的领悟，所以他很少为难自己，也不为难他人。他常说：家，不是用来讲理的地方，何况女人是世界上最不讲理的生物，试图与她们讲理，只能是自寻死路。一个男人，如果把女人哄开心了，全家就都开心了。他认为男人的包容接纳，反而会让女人更加善于自我反思，自我纠错。他还认为"好汉不吃眼前亏"，在女人生气失去理智的时候，与之争辩，基本就是做无用功，等她恢复思考能力以后，找准时机，再扳回一城也不迟。所以，在日常的冲突中，赢在当下的一定是 Ally，而最终赢得整个战役的，一定是老谋就是他们眼中的恩爱的话，我也只能是百口莫辩了。

很多朋友在追看这些小段子的同时，也在反思和调整自己与家人的相处和说话的方式。朋友圈里基本达成共识的就是生活可以不必那么一板一眼，应该多一些幽默，多一份轻松。有些话换一种方式说，效果也许就会完全不一样，学会说话的过程实际上就是修炼自己的情商的过程。很多矛盾都源于说了不该说的话，把原本很小的矛盾扩大化，让简单的事情复杂化。Mr.Zhang 和 Ally 还有笛子之间不是没有矛盾，实际上生活中的小小矛盾不断出现，只是我们都善于聊天，让很多矛盾消化于无形了。

越来越多的人鼓动我们把这些段子整理出版，分享给更多的人。而我们也想在结婚25年的今年，送给自己一份纪念，于是萌发了整理出版《扯》的念头，于是就有了《扯》这本快乐而温暖的小书，它如黑暗中扯亮的一豆灯火，也许无法照亮我们前行的道路，也不会减少路上的艰辛与坎坷，但它足以照亮我们在一起的时时刻刻。扯着扯着，即使背对着太阳，也总能有一缕阳光照进心里，让我们一家三口即使隔着浩瀚的太平洋，也能感到彼此的温度。

目录

┃ 我们俩 ┃

我们俩

你是一篇散文

Ally 一向非常随性，很少认真规划自己的生活。一路靠着人品和运气，走得也还算顺利。

一天，Mr.Zhang 对 Ally 说：如果将来你要出本自传的话，书名我已经帮你想好了，一个字：《乱》。

见 Ally 非常生气，他马上说：当然呐，你是一篇散文，形散而神不散，虽然有些杂乱，如果认真找的话，还是可以找到一条主线的。

乱扯

Mr.Zhang 读书多，鬼点子也多。一日，他对 Ally 说：建议你再写本新书，书名我都想好了，中文叫作《扯》，英文叫 Chat。

Ally 一听就乐了：前段时间你让我写本自传叫《乱》，如果再写本对话录叫《扯》，合一块儿就叫《乱扯》了。

Mr.Zhang 带着笛子逛书城，回来后对 Ally 说：我们今天在书城还真看到一本对话录，类似我提议你写的那种。

Ally 信以为真：不会吧？书名叫啥？作者是谁？

Mr.Zhang 说：《论语》，孔子！

Ally 再次崩溃！

如果将来你要出本自传的话，书名我已经帮你想好了，一个字:《乱》。

今天怎么一点也不动听呢！

不妙！

当然呐，你是一篇散文，形散而神不散，虽然有些杂乱，如果认真找的话，还是可以找到一条主线的。

有些样子

Mr.Zhang 拎着重物走在前面，Ally 拎着他的公文包紧随其后。

他回头看了一眼：你还蛮有些样子的。

Ally 问：啥样子？

Mr.Zhang 说：助理！

英文不错

Ally 说：修剪了一下头发，感觉整个人都精神了。

Mr. Zhang 说：Agree!

Ally 说：呵？！英文不错嘛！

Mr. Zhang 说：That's true!

Ally 说：对到第三句，还能用英文吗？

Mr. Zhang 说：Absolutely!

Ally 问：Yes or no ?

Mr. Zhang 得意地说：你自己猜。

二百五

Ally 喜欢让家里的小东西成系列，什么纸巾盒、茶盘、垃圾桶之类的都得配套。

一天 Mr.Zhang 下班回来，盯着新的垃圾桶看了半天，说道：真是个二百五呀！

Ally 发火了：你说谁二百五呢？

Mr.Zhang 说：我说垃圾桶还不行吗！

Ally 定睛一看，标签上写着价格：¥250。

不该看的东西

Ally 患眼疾，医生怕患处感染了，给她的右眼包上了纱布。

Mr.Zhang 下班回家，看到 Ally 的"女海盗"造型，竟然十分喜乐，不怀好意地说：你一定是看了不该看的东西！

Ally 一只眼睛盯着他，非常淡定地吐出一个字：你！……

你这样夸我老婆，我会很不好意思的

Ally 干了一件比较得意的事，忍不住自言自语：我发现自己的学习能力还是蛮强的嘛！

不料被 Mr.Zhang 听见了，他说：你这样夸我老婆，我会很不好意思的！

评价标准

一早起来闲聊，Ally 说：说出来也不怕你骄傲，我感觉整体上你的综合素养和为人处世比我要强！

Mr.Zhang 说：有什么好骄傲的！评价标准那么低！

我一定把你藏外面

　　Ally 洗好澡从浴室出来，头发横七竖八的，被 Mr.Zhang 看到了，他说：你这发型挺酷的。

　　Ally 说：我要真的整个这样的发型，你一定把我藏家里，不带我出门了！

　　Mr.Zhang 说：错了！我一定把你藏外面，不让你回家！

团员最重要

对布拉格向往已久，终于可以成行了。Ally 自封为团长，然后根据各人的特点和能力做出以下任命：

团医：SY

记者：SL

摄影：PP

生活委员：GG

团员 1 名：Mr.Zhang。

Mr.Zhang 说：这个团员最重要了，没有他，你们这些官当得没有意义，而且你们服务不到位的话，他可以随时投诉。

没有买的那一件

出门前，Ally 问 Mr.Zhang: 我今天这身搭配得怎么样？

Mr.Zhang 半天不置可否，Ally 问：不好看么？

Mr.Zhang 说：没有那一件好？

Ally: 哪一件呐？

Mr.Zhang 说：还没有买的那一件！

你老公比我老婆强

平时不得不起早床，周末的时候 Ally 就赖着不想起来。Mr.Zhang 只好自己下厨房做早餐，弄得动静贼大。

做好早餐，Mr.Zhang 到房间叫 Ally 起来，发现 Ally 正在偷着乐。

Mr.Zhang 说：你的得意藏都藏不住啊！

Ally 问：凭什么总觉得我要比你开心一些呢？

Mr.Zhang 说：因为你老公明显比我老婆强嘛！

明星脸

昨日与朋友聚餐，席间一哥儿们对 Mr.Zhang 说：老兄，你长了一张明星脸！ Mr.Zhang 有些得意，忽然看见 Ally 在一旁冷眼看着他，立马说道：我也就是长得像而已，我老婆本身就是一明星！

高调是一种气质

最近可能是贪吃了从湖北老家带回的各种小咸菜，加上天气湿热，Ally 和 Mr.Zhang 都有些上火。Mr.Zhang 茂密的头发丛林里长了一个火气疱。

看着 Ally 下巴上肆意生长的鲜红的痘痘，Mr.Zhang 说：人和人真不一样，有些人长个痘痘都那么高调！ Ally 崩溃……

不"真"的事实

我家小妹伶牙俐齿，俺们几个当姐姐的都说不过她，只有 Mr.Zhang 还能对付两下。前日妹妹来 Ally 家蹭饭，Ally 发现她似乎轻减了不少，状态不错。

Ally 对 Mr.Zhang 说：有没有发现我妹妹瘦了？

Mr.Zhang 马上说：她有胖过吗？

小妹得意地说：这是不争的事实！

Mr.Zhang 说：这真是不"真"的事实！

"邬德刚"and"张本山"

Mr.Zhang 给我妹取名"邬德刚"，我妹唤他"张本山"，这两位搞笑高手，风格迥异，却不分伯仲。

Mr.Zhang 在山里的度假屋宴请 Ally 的家人。小妹放出豪言：今儿非茅台我不喝，然后咱再拿拉菲漱口，末了再拿 XO 醒酒……！

Mr.Zhang 转身去了房间，过了一会儿，只见他拿出一瓶茅台，一瓶拉菲，一瓶 XO，说道：咱这里别的没有，酒，任喝！

小妹惊呼：啊?！还真的都有哇！

结果，两杯茅台下肚，"邬德刚"同志就满脸通红，狂笑不止，走路摇摇晃晃……

天天都喝得很高

Ally 问老弟：国庆回老家有没有哪天喝高了？

老弟果断地说：没有！

Ally 说：我不信！

老弟说：你问的是哪天，所以说没有，因为天天都喝得很高！

父亲能为孩子做的最好的事情

Ally 读到一句话，非常认同，于是问 Mr.Zhang: 你认为一个父亲能为孩子做的最好的事情是什么呢？

Mr.Zhang 想也不想就说：跟她做朋友！

Ally 启发说：答案正确，但不是最佳答案。

Mr.Zhang 说：我这些年就是这么做的。

Ally 只好自己公布她认为的最佳答案：一个父亲能为孩子做的最好的事情就是好好地爱她的母亲！

Mr.Zhang 说：原来你是在玩儿脑筋急转弯呀！

越是有本事的男人越是没脾气

Ally 在朋友的微信上看到这样一句话："越是有本事的男人越是没脾气。"

Ally 问 Mr.Zhang: 你怎么看？

Mr.Zhang 说：这个问题我不好回答，如果说我没脾气的话，好像就承认了我很有本事；但我又不好不同意，因为我确实也没啥脾气。

My God

Ally 忽然发现忘了做一件很重要的事情，惊呼：Oh, My God!

Mr.Zhang 马上接口：叫我啥事儿呀？

"潜伏"

Mr.Zhang 面上为人随和低调，骨子里却有些傲气，从他的微信、QQ 和 Skype 昵称可见一斑，就简单干脆一个"我"字而已，而且没图没照。平日里潜伏在群里，不出一声，倒也平安无事。

一日，他想要组织同学们活动活动，第一次在群里发了一条消息，这下可热闹了：

同学甲："我"是谁？

同学乙：谁是"我"？

同学丙：这个问题很哲学噢！

同学丁：有意思，还有叫"我"的！

同学戊：赶快把"我"揪出来揍一顿！

……

Mr.Zhang 最终被"揪"出来了，从此结束了"潜伏"生涯！

再说一遍

不知为何忽然聊起 Mr.Zhang 刚来深圳时工作的那家公司，由于有些来头和背景，那家公司当年动不动就与别的公司发生冲突，有时还动手打架。

时隔二十多年，每每想起，Ally 还是愤愤不平：简直就是一个土匪公司！

Mr.Zhang 说：你敢再说一遍！

Ally 大声说：土匪公司！

Mr.Zhang 更加严肃地说：你再说一遍！

Ally 提高声音：我就要说，就是土匪公司！

Mr.Zhang 突然坏坏地笑道：你真听话，让你说你就说！

你们原来那公司简直就是一个土匪公司！

你敢再说一遍！

俗名

Ally 有一个女朋友，在一家上市公司做高管，优雅美丽，气质不凡，可偏偏有一个土得掉渣的名字。

Mr.Zhang 说：她怎么可以叫 ×× 呢？这简直比叫什么什么晓莉还俗呀！

你的地盘我也想做主

Ally 从来就不喜欢做家务，但不知为何一到了 SWIS（国际部）公寓就像上了发条一样，忙进忙出的，一刻不停。

Mr.Zhang 说：你是不是想宣告"我的地盘我做主"呀？

Ally 没心没肺地说道：你的地盘我也想做主！

Mr.Zhang 弱弱地问道：我有地盘吗？

蚊子一定是公的

早上醒来，Ally 发现胳膊上被蚊子叮了几个疱，Mr.Zhang 却安然无恙。

Ally 说：蚊子是你养的吧，怎么只咬我呀？

Mr.Zhang 说：我皮厚毛长的，口感不好！哪里像你呀，细皮嫩肉的。

过了一会儿，他又加上一句：蚊子一定是公的。

不要与傻子争辩

Mr.Zhang 与 Ally 分享朋友的微信，里面有一句话他认为很经典：不要与傻子争辩，否则别人不知道谁是傻子。

Ally 说：所以我从不与你争辩！

及时的灭火器

Ally 实际上是个急脾气，在外控制得还可以，在家里有时会失控。

有一天，不知为何脾气上来了，正在慷慨陈词，门铃响了，Mr.Zhang 赶紧过去开门，原来是管理处的工作人员，正挨家挨户地发放消防器材。

Mr.Zhang 说：哎呀，太及时了，我家正需要这个！

只见他手里拿着两个小的灭火器，对准 Ally 佯装要喷，Ally 乐了：哪儿这么巧呀？你和管理处串通好的吧？

Mr.Zhang 说：是你的火力太猛，管理处都觉察到了！

高招

Mr.Zhang 与他们 EMBA 班的同学聚会回来，对 Ally 说：我们班一女同学特逗，她对她老公说，如果你不开心，就是你一个人不开心；如果你敢让我不开心，全家人都不会开心！

Ally 说：这一点在我家同样适用。

Mr.Zhang 顿时无语……

这招已经不管用了

Mr.Zhang 与老朋友一家吃饭。据说他驭妻有方，漂亮能干的老婆对他言听计从。Mr.Zhang 于是虚心请教。

哥儿们分享说：如果我想她去洗碗，我会说"你不能因为自己长得漂亮就连碗都不洗吧！"……

Mr.Zhang 说：这招我曾经使过，现在已经不管用了！

谁说了算

一天，Mr.Zhang 好像突然回过神来了，说：我发现我们家买房子都是你说了算！

Ally 说：不是说好了吗？大事儿你说了算，小事儿我说了算吗？

Mr.Zhang 说：那啥是大事呢？

Ally 说：在哪个城市生活是大事，从前你说了算，将来也由你来定；在一个城市住在哪里是小事，过去由我定，将来也由我定了。……！

Ally 炒股

今天笛子打电话过来，父女俩儿聊起理财的事儿，Ally 觉得没意思，就起身泡杯茶。

这么一转身的功夫，就听见 Mr.Zhang 说：听说有人想写本书，书名叫《Ally 是如何搞垮中国股市的》！

从来不知股票是啥玩意儿的 Ally，几年前股票最高点的时候，在银行里看到许多人在排队，碰到学校会计也在队伍里面。

Ally 问：这是干啥呀？

会计说：买 ×× 基金。

在会计的鼓动下，Ally 生平第一次也是最后一次买了股票。

当 Mr.Zhang 听说连财商为零的 Ally 都入了股市，知道情况不妙，果断抛出手中大部分股票。自此，中国股市一泻千里，熊到今天……！

Ally 不但血本无归，还沦为 Mr.Zhang 的笑柄！

老婆照顾得好

Ally 从前在深外本部的两位同事大姐有好几年没见过 Mr.Zhang，周末在 SWIS 碰到了。

范大姐说：我最讨厌你这种人，把别人都熬老了，自己却一点儿不变！

Mr.Zhang 说：主要是我年轻时显老相。

方大姐说：怎么感觉你越变越年轻了呢？

Mr.Zhang 赶紧说：老婆照顾得好！

早餐节约掉了

早上，Mr.Zhang 肚子饿得咕咕叫，但 Ally 赖在床上就是不想起来做早餐。Mr.Zhang 连哄带骗带威胁，Ally 坚决不为所动，说：好不容易放假，还不让人睡个懒觉哇！早餐节约掉得了！

Mr.Zhang 只好自己动手煮了锅馄饨，端了一碗到床边。

Ally 雅子

天凉了，Ally 迫不及待地穿上了新大衣。

Mr.Zhang 盯着看了一会儿说：到日本进修了一下真不一样了哈，有王妃范儿。叫你"Ally 雅子"得了。

电影放映员

国际部工作强度大，成天用英语交流，中午又没得休息，所以每到周五晚上，Ally 都是疲态尽显，沉默寡言。

Ally 说：一个人无法按照自己的节奏生活，无法做自己最擅长和最喜欢的事情，真是非常痛苦的事！

Mr.Zhang 说：照你的说法，我应该去做电影放映员，每天都可以看电影了。

微信猛于虎

Ally 威胁 Mr.Zhang：我掌握了媒体，微信粉丝者众，千万不要随便得罪我。

Mr.Zhang 说：不经过审查就随便乱发东西，自由化倾向严重！

Ally 说：有本事就封杀我呀！

Mr.Zhang 想了想，说道：我约谈你，行不行？

Ally 说：这一套貌似不灵！

Boss 和 Leader

看到朋友分享的关于 Boss 和 Leader 区别的图片，Ally
问 Mr.Zhang 的意见，Mr.Zhang 说：领导出思想，把控方向；
老板权力大，喜欢指手画脚的。

Ally 知道一定还会有下文的，果然 Mr.Zhang 说道：比
如说咱家吧，你就是老板。

Mr.Zhang 问 Ally：你知道你在我们家为什么只能当 Boss
而不是 Leader 吗？

Ally 懒得理他。

Mr.Zhang 接着说：因为你遇到问题总是先找原因，然
后再想对策。

Ally 说：那你呢？

Mr.Zhang 说：我会第一时间先想对策，事后再反思原因。

Ally 说：这不就得了吗？有你负责想对策，我当然就负
责找原因啦！

都取名 Ally

Mr.Zhang 把位于梧桐山下的度假小屋叫作"避暑山庄"。

Ally 问：是不是你们每个男人都有一个帝王梦呀？

Mr.Zhang 说：没意思，太累！

Ally 说：当皇帝多好呀！妻妾成群，三宫六院的？

Mr.Zhang 知道有诈，不接腔。

Ally 说：没关系的，只要你每天翻的牌子上写着 Ally 就行了。

Mr.Zhang 说道：朕把她们都取名叫 Ally 好了！

还没到美国

在飞机上看到 duty free（免税）的一串珍珠项链，很有特点，Ally 立马收入囊中。Mr.Zhang 说：你不是说这次不在美国购物的吗？

Ally 说：这不还没有到美国吗？

过关

由于害怕空调，Ally 一路把自己裹在大大的披肩里。从出深圳关开始，一路被人盯着肚子看，估计都是那些月子中心惹的祸。在香港入境时，关口工作人员更是对 Ally 的肚子看了又看，Mr.Zhang 忍不住说：她太老了，已经生不出来了。

这一来，反倒把人家海关的人弄得不好意思了。

入住酒店后，Ally 说：老公，怎么肚子有点儿痛呢？

Mr.Zhang 说：不会吧？他们的目光也太狠了吧，看两眼就把肚子给弄痛了！

摊上事儿了

Mr.Zhang 说话不中听，Ally 气得拧他耳朵。

Mr.Zhang 说：你摊上事儿了！你摊上大事儿了！

Ally 问：谁还怕你不成？！

Mr.Zhang 说：你把我耳朵弄痒了，还不赶紧给我掏掏！

一天打鱼，六个月晒网

Ally 对 Mr.Zhang 说：分校徐主任很坏，竟然公开嘲笑我练瑜伽是"一天打鱼，六天晒网"！

Mr.Zhang 说：她太不了解你了，白跟着你工作十年。你根本就是"一天打鱼，六个月晒网"嘛！

校长妈妈

Ally 昨日穿了一件糖果色的小西装，奶白色的裙子，有扮嫩的嫌疑，在操场碰到一群幼儿园的小朋友。一女孩儿说：校长妈妈好漂亮。Ally 有些得意，忽听一男孩儿问：你是校长的妈妈吗？……

旺夫的女人

朋友转来一个帖子，说旺夫的女人有几大特征：能吃、能喝、能睡、能花钱，外加有些不讲理、不干活。

Ally 一对照，发现自己除了花钱还不够狠、偶尔也蛮讲理之外，基本具备以上特征，顿时觉得非常心安，马上把帖转发给 Mr.Zhang。

逆生长

见 Ally 情绪不高，在微信里发牢骚，Mr.Zhang 问：你这也不想干，那也提不起劲儿，你到底想干啥呀？

Ally 毫不犹豫地说：玩儿！

Mr.Zhang 说：哇噻，你这个假期真是逆生长得厉害呀，从更年期到青春期，然后直接回到幼儿期。

Ally 问：你到底啥意思呀？

Mr.Zhang 说：你忘了咱家笛子上幼儿园时，啥时候问她想干啥，她都非常干脆地说"玩儿"。

批评教育当事人

一向严谨的 Mr.Zhang 昨天马失前蹄，竟然忘了锁车门。同朋友吃完饭出来，发现车灯大亮，一个保安守在车旁。酒店大堂经理也迅速上前，与他交流。……

保安对 Ally 说：你们不小心，会给我们工作带来麻烦的，出了问题，我们负不起这个责。我守在车旁几个小时了……

Ally 说：真的非常感谢您，您太有责任心了！对当事人嘛，您放心，回家后我一定严肃批评教育！

甩手掌柜

在机场托运完行李，Mr.Zhang 顿觉轻松，见 Ally 还背着个手袋，想要帮忙拎一下。

Ally 说：不用你管了，你就当个甩手掌柜吧。

他真的马上开始前后拼命地甩手。

老婆威武

Ally 和 Mr.Zhang 吃完晚餐，在霞慕尼小镇漫步，碰到两个法国女郎，她们非常友好地用中文说：你好！

Ally 用英语问：还会说其他中文吗？

法国女孩儿说：不会了。

Ally 得意地说：我会说法语。

然后用法语连说三句："你好""谢谢""再见"！

Mr.Zhang 说：老婆威武！完胜法国美女！

书面名字

Ally 皮肤过敏不见好转，虽然心烦，但忙起来也顾不上了。

女友好意提醒 Ally 一定要好好保养。

Ally 回答说：老公不嫌就行了。

Mr.Zhang 听见了，郑重其事地说：请用我的书面名字！

Ally 问：啥书面名字？

Mr.Zhang 回答：请叫我 Mr.Zhang！

真的很安静

身居闹市，生活倒是很方便，就是得时不时忍受噪音烦扰。Ally 偶尔萌生搬家的想法，但 Mr.Zhang 对这个生活了十几年的地方情有独钟。

前晚睡觉时，四周静悄悄的，他说：我们小区也是可以这么安静的！

话音未落，就听见有人按喇叭，很刺耳。

Mr.Zhang 说：谁呀？！这么不给面子！

昨晚，Mr.Zhang 又说：老婆，真的很安静！

话音未落，楼上传来一声东西坠地的巨大响声。

Mr.Zhang 面露尴尬……

Ally 狂笑不止。

三天不学习

Mr.Zhang 提出要去国际部公寓一趟，他很想读的一本书落在那儿了。

Ally 说：着啥急呀，赶明儿带回来给你就行了。

Mr.Zhang 用湖南话说道：等不得的！毛泽东曾经说过"三天不学习，赶不上刘少奇"。我是"三天不学习，赶不上张楸笛"！

靠勇气

Mr. Zhang 说：宝安一个楼盘今天开盘，均价九万多一平方米！

Ally 问：靠海吗？

Mr. Zhang 说：不靠！

Ally 问：靠山吗？

Mr. Zhang 说：不靠！

Ally 问：靠湖吗？

Mr. Zhang 说：不靠！

Ally 问：那靠什么那么贵的？

Mr. Zhang 说：勇气！

向日葵

　　Ally 阳光过敏，所以非常小心。从九黄机场到酒店的路上，阳光透过车窗照到身上，Ally 就和 Mr.Zhang 换了个位子。没想到拐了个弯，阳光又照到身上。Ally 于是决定坐到后排空座上，方便随时移动，没想到刚坐过去，阳光又从后面照了进来。

　　Mr.Zhang 说：你简直就是棵向日葵，追着阳光走。

秋老虎不常有，而母老虎常有

Mr.Zhang 说：今年夏天很凉爽。

Ally 说：别想得太美。没听说过"秋老虎"吗？

Mr.Zhang 说：秋老虎不常有，而母老虎常有。

然后坏坏地盯着 Ally。

一朝被狗咬，一辈子都怕狗

真是一朝被狗咬，一辈子都怕狗哇！

吃过晚饭，Ally 和 Mr.Zhang 在花园里散步。看见一只小狗摇着尾巴朝自己跑过来，Ally 吓得尖叫起来。这下好了，那只小狗来劲儿了，对着 Ally 大叫，还引来另外一只小狗，也对着 Ally 狂叫。

Ally 吓得抱住头闭着眼，躲在 Mr.Zhang 的身后，不停地喊叫，声音贼大。

狗主人赶紧把狗抱走了。

Ally 睁开眼，看见许多人盯着自己，非常尴尬难堪。

Mr.Zhang 说：你刚才变了几次调，我的耳朵被你炸聋了！

Mr.Zhang 说：如果有一只狗和一条蛇同时追你，你更怕哪一个？

Ally 说：你得多不待见我才能想出这样的阴招来吓我？

Mr.Zhang 说：只是假设嘛！你到底会选谁？

Ally 说：我知道什么地方可能会有蛇出没，我会有意避开。但是这个世上还能找到一个没有狗的地方吗？

把批评讽刺说得像表扬

Mr.Zhang 说：李亚鹏说王菲注定是个传奇，我说你注定是个奇迹。

Ally 说：无聊！靠谱点儿，行不？！

Mr.Zhang 说：传奇太不接地气，奇迹很真实，有成长，有故事……

Ally 说：你就接着忽悠吧！

Mr.Zhang 说：比如说从前你是那个××的，现在变得又勤劳、又能干、又……！

Ally 不得不佩服 Mr.Zhang 的本事，愣是把批评讽刺说得像表扬，你还没法生气！

由谁负责

Mr.Zhang 老是问要不要去看电影，Ally 说：方向盘在你手里，我家的休闲生活就交给你负责。

Mr.Zhang 问：那工作呢？

Ally 说：各自负责。

Mr.Zhang 又问：教育呢？

Ally 说：共同负责。

Mr.Zhang 想了想，总结道：说白了，最终一切还是由你负责。

Ally 说：等的就是这句话！

"谋害亲夫"

Mr. Zhang 和 Ally 对温度的感觉至少相差 10 度。早上出门前，Ally 觉得有些清凉，逼着 Mr. Zhang 穿了件长袖衫，结果没走多久，他就大汗淋漓。

Mr. Zhang 说：热死我啦！热死我啦！你这是想谋害亲夫啊！

看着他热得烦躁不安的滑稽样儿，Ally 笑得直不起腰来。

Mr. Zhang 说：这招儿太狠，杀了人还没法破案……

显老与显年轻

Mr.Zhang 打球回来，晒得满脸通红，Ally 问：有没有擦防晒霜？

Mr.Zhang 回答：忘了。

Ally 说：下次一定要记得哈！紫外线会加速皮肤老化，还有可能晒伤。

Mr.Zhang 说：你不是总希望我显老点儿吗？

Ally 说：错，我只是希望我自己越来越显年轻而已！

惜字如金

Ally 说：我把昨天写的东西重新修改了一下，希望精炼精炼再精炼！

Mr.Zhang 说：你再怎么精炼也达不到我的境界。二十几年前，你就说我写信像在发电报……！

Ally 说：你还好意思说，你明明就是偷懒嘛！二十几年，毫无进步！

Mr.Zhang 惜字如金，常常是对方发一大段文字，他一两个字就打发了，为这个，Ally 没少生他的气。

昨天康延大哥发短信：健弟莉妹，继十集纪录片《先生》后，咱们拍竣的十集《盗火者——中国教育改革调查》，本周周一至周五晚 8 点在《凤凰大视野》首播五集，翌日 9 点重播。已播三集，反响尚佳。谢你伉俪一路相携相伴。

Ally 回复：我们从报纸上看到消息了，已经在追看了，拍得很棒，咱骄傲哇，大哥！

Mr.Zhang 回：祝贺！已看！

名人

Ally 说：今天很忙，但我还是想去参加康延大哥的活动，可以见到一些我想见的名人。

Mr.Zhang 说：自从我认识了你这个名人后，我知道所谓名人也不过是普通人。

最喜欢的家务

Mr.Zhang 说：我最不喜欢做的家务就是洗碗。

Ally 说：噢？那你最喜欢干啥呢？赶紧说来听听！

Mr.Zhang 怕掉到坑里，马上改口：我不喜欢做家务，尤其不喜欢洗碗。

Ally 说：你太狡猾了！

许巍与汪峰的歌

Mr.Zhang 同时下载了汪峰的《旅途》和许巍的《旅行》。听过以后，问 Ally：他俩最大的区别在哪里？

Ally 说：汪峰的旋律和节奏变化更多，情感奔放浓烈些；许巍的摇滚有些淡淡的忧伤，很唯美。

Mr.Zhang 问：还有呢？

Ally 说：汪峰的歌有崔健的影子，许巍的歌有校园民谣的感觉。

Mr.Zhang 又问：还没说到点子上？

Ally 说：咱又不是专家，说不出来了。

Mr.Zhang 说：许巍的歌适合喝酒前唱，汪峰的歌喝完酒才能唱出感觉。

真理掌握在声音大的人手里

有人问 Ally：你和 Mr.Zhang 吵过架吗？

Ally 说：吵，经常吵！不过笛子说常常只听见我一个人的声音。在家里，我比较信奉真理掌握在声音大的人手里。

可怜

Ally 对吃没有太多的讲究，点得最多的就是"随便"这道菜。

Mr.Zhang 说：一个人说不出自己最爱吃什么，是很可怜的。

Ally 说：错！最可怜的是知道自己最爱吃什么却没有人做给你吃！

以梦解忧

今儿早上起来，Mr.Zhang 说：我昨晚做了个梦，梦见和你吵架了……！

Ally 笑死了：这个方法太好了，值得广泛推广，因为它有利于家庭和睦，社会稳定。梦里吵完，醒来就安宁了。

太不厚道

Mr.Zhang 陪 Ally 外出，在电梯里碰见楼上的母女，推着自行车，准备送孩子去学跳舞。寒暄中，邻居说：住在这里实在是方便，光骑自行车，很多事情就可以搞定了。

下了电梯后，Mr.Zhang 说：这人太不厚道了，对一个不会骑车的人说这些，多伤自尊呐！

Ally 说：最不厚道的人是你！不会骑车怎么了？会坐就行！

相似度

在电梯里遇见楼上的一对母女，长得像一个模子刻出来的。

回到家，Mr.Zhang 问：咱家女儿到底像不像你呀？

Ally 说：现在应该有点儿像吧。

Mr.Zhang 说：现在＋应该＋有点＋吧，折上又折，相似度最多 5%。

热爱工作

想着又要放假了，Ally 异常兴奋。

Ally 说：想必你这么热爱工作的人没法理解我们这种成天盼着放假、想着到处玩儿的人吧！

Mr.Zhang 说：你是想说我傻吗？

非常生气

Mr.Zhang 常常故意与 Ally 作对。

Ally 说：把我惹生气了，你就高兴了，是吧？

Mr.Zhang 说：那要看情况。

Ally 问：怎讲？

Mr.Zhang 说：得让你非常生气才可以！

大小 O 型

在山里度假屋请好友小聚，饭后在阳台上闲聊。

Ally 说：也不知咋回事，蚊子总是咬我，而不咬 Mr.Zhang.

南兄问：A 型血招蚊子。你是 A 型血吗？

Ally 说：我们俩都是 O 型。

Mr.Zhang 说：那只能说明我的 O 是大写的，你的 o 是小写的。

笑点低

Ally 笑点低，一逗就乐，任何给她讲笑话的人都会特别有成就感。

苏拉家庞帅哥对她说：你看看人家晓莉，多给健哥面子。每次健哥讲笑话，她都笑到眼泪都出来了。

拉子说：谁讲笑话她都会傻乐。不信你试试？

有些错误是可以重复犯的

Ally 洗漱好出来，Mr.Zhang 说：我可能做了件让你很不高兴的事。

Ally 问：赶快如实招来！

Mr.Zhang 说：我把锅碗瓢盆全洗干净了。

Ally 说：这就是你的不是了，怎么能随便剥夺别人的劳动机会呢！

Mr.Zhang 说：我真的错了！我发誓下不为例！

Ally 说：有些错误是可以重复犯的，我会再次原谅你的！

阿诗玛与阿黑哥

漂亮的彝族女导游把我们带到传说中的阿诗玛岩石前，给我们讲述早已熟知的美丽的传说。

Mr.Zhang 问：怎么不见阿黑哥？

导游说：在大石林那边……！

Mr.Zhang 说：原来他们长时间两地分居！

破毛巾

Mr.Zhang 给 Ally 看他洗脸毛巾上的大窟窿。

Mr.Zhang 说：你这个女主人是怎么当的呀？！我要把毛巾挂在最显眼的地方，看你好不好意思！

Ally 心里确实有那么一点点愧疚，但语气仍然强硬：应该不好意思的是你，一起买的毛巾，别人的没破，为啥你的破成这样呢？

保持身材

Mr.Zhang 与原来警官大学的一帮师兄弟聚会回来，得意地说：他们都夸我身材保持得不错。

Ally 说：他们都在体制内当官，应酬可能比较多。

Mr.Zhang 说：我想最大的原因是我娶了你这样的老婆。

Ally 开始有些忐忑。果然，Mr.Zhang 说：好不容易实现一次梦想，老婆亲自下厨了，结果吃一口，梦就碎了一地……

"出卖"

Mr.Zhang 从客厅走进房间，发现 Ally 一边在手机上写东西一边窃笑。

他说：你笑啥？肯定与我有关。

Ally 答曰：别自我感觉那么好，行不！

Mr.Zhang 说：我还不知道你？！你只有在出卖我的时候才最得意，一脸的坏笑！

甲方、乙方、丙方

Mr.Zhang 说：我一哥儿们说不管儿子学什么专业，将来能当上甲方就行。

Ally 问：啥意思呀？

Mr.Zhang 说：甲方就是可以说了算的一方。

Ally 说：噢！原来一不小心我就成了甲方。

Mr.Zhang 叹息道：唉，真惨！这辈子在家里我也就是个乙方！

Ally 说：别抬高自己！自从有了笛子，你最多也就是个丙方。

太巧了

吃过晚饭，Ally 说：陪我到楼下花园走走吧。

Mr.Zhang 说：你得求我才行。

Ally 说：Please!

Mr.Zhang 说：不许说鸟语！真诚点儿！

Ally 说：嘿？！还真来劲儿了！

说完，扭头自己走了。

一会儿，在花园碰见 Mr.Zhang，他装模作样地挥挥手，说：嗨！太巧了，你也在这儿啊！

这梦有点儿太高

Ally 很少记得自己的梦，Mr.Zhang 正好相反，经常是醒来以后讲给 Ally 听，绘声绘色，画面感极强。题材也千奇百怪，梦见与各路伟人对话不说，太空也去过不少次了。

一天早上醒来，Mr.Zhang 对 Ally 说：我梦见自己到喜马拉雅山顶打高尔夫了。

Ally 说：这梦有点儿太高了，严重缺氧！

梦中旅行

Ally 一直想去趟西藏，由于各种原因一直没有成行。

某天一早醒来，Mr.Zhang 就对 Ally 说：西藏你不用去了。

Ally 说：凭什么呀？

Mr.Zhang 说：昨晚做梦带你去过了，我亲自开车，是那种军用大卡车。

Ally 说：埃及你也不用去了，梦里我陪你去过了，骑着骆驼去的……

试风

Mr.Zhang 受够了又湿又热的夏天，总是盼望早点儿凉快起来。近来，早上起来常会到阳台站会儿，谓之：试风。还说主要目的是给 Ally 的着装提供参考意见。

某天晨起，Ally 听见 Mr.Zhang 兴奋地说：今天的风有些许秋意。

Ally 回应：你今儿说话有些许诗意。

空调房

早上起来，Mr.Zhang 说：都怪你，天气这么凉了，还让我盖这么薄的毛巾被，昨晚做梦，带着你爬了一晚的雪山。

Ally 说：今儿就帮你换，行不？

晚上，Mr.Zhang 看着 Ally 新换上的厚厚的空调被，皱了皱眉，说：估计今晚得梦见沙漠了。

人海

Ally 说：我们今天到山里度假屋去吧？

Mr.Zhang 说：有人做饭我就去。

Ally 说：中午我做，晚上你请我到海边吃海鲜。

Mr.Zhang 说：那个时候去海边，你看不到大海，只会看到人海。

主动打电话

Ally 准备睡觉了，还没接到 Mr.Zhang 的电话，就打电话回家批评他。

Mr.Zhang 说：我出差在外要主动打电话报平安，你出差在外还是我主动打电话问平安，太不公平了！

Ally 说：谁叫你是男的呢！

Mr.Zhang 说：咱能不能改改呀？谁在外谁主动打电话好吗？

Ally 说：不好！无论在家还是出差，都应该是你打。

Ally 刚挂了电话，手机就响了。一看来电，是 Mr.Zhang。

Ally 说：啥意思呀？

Mr.Zhang 说：你不是让我主动打电话吗？

你真的看懂了吗

Ally 说：笛子把最近写的英语论文都发给我了。

Mr.Zhang 说：不要告诉我你都看懂了。

Ally 还没想好该如何应对，Mr.Zhang 接着说：对不起哦！对一个外语专家这样说，太伤人自尊了吧。

Ally 没来得及回答，Mr.Zhang 又说：不过我还是很好奇，你真的看懂了吗？

我和李白有点儿像

Mr.Zhang 说：感觉你有话要说。

Ally 说：没有。

Mr.Zhang 说：我还不了解你！快交代！

Ally 说：我刚才看到去年你写的那篇长诗……

Mr.Zhang 说：不好意思，当时喝了点儿酒。

Ally 说：你想说那是酒后胡言乱语吗？

Mr.Zhang 说：我的意思是我和李白有点儿像，喝点儿酒就文思泉涌的。

太谦虚

Ally 说：估计 ×× 家 80% 的话都被她一个人说了。

Mr.Zhang 问：那我们家呢？

Ally 答曰：我们应该比较平均吧，我占 55%，你占 45%。

Mr.Zhang 说：你实在是太谦虚了！

存心捣乱

天气转凉，早上起来 Ally 有些鼻敏感，想要打喷嚏，刚张开嘴，Mr.Zhang 抢先一步"阿切"一声，硬把 Ally 的喷嚏给憋回去了。

Mr.Zhang 说：对不起，我不是故意的！

Ally 说：你就是存心捣乱！

我俩的频道

Ally 问：经常听说某某某两口子无法正常对话交流，因为不在同一频道。那咱俩呢？

Mr.Zhang 答曰：我们虽然是两个不同的频道，但可以相互兼容。

Ally 说：这个回答还可以接受。

Mr.Zhang 接着说：可你的这个频道信号太强，经常干扰别人。

因为要拍全校大合影，Ally 在衣帽间忙着挑衣服和配饰。

Mr.Zhang 跑进来说：我又看了一遍诺兰拍的《盗梦空间》，他真是把科幻片拍到极致了！

Ally 专心做自己的事，没有搭理他。

Mr.Zhang 说：又不在一个频道！

Ally 问：怎么讲？

Mr.Zhang 说：你调到"购物频道"了，我是"探索与发现"！

Ally 今天下午话说得太多，晚上散步的时候出奇地安静。

于是 Mr.Zhang 一个人不停地说，从腾冲的房子，说到应总他们的关爱抗战老兵基金，再说到同学的孩子读书的事儿，再说到一篇关于"真功夫"股权之争的文章，最后还谈起刚看的一部电影《沙漠之花》……

说着说着，见 Ally 老不搭腔，忽然觉得特别没意思。

Ally 安慰他：平时我说你听，现在你说我听，平衡一下嘛！

Mr.Zhang 说：你总说同样的事，而我涉及的面儿多广呀。

Ally 说：你太跳跃了，我这人多专注呀！

Mr.Zhang 说：你是"教育频道"，我是"综合频道"。

不愿意当榜样

Mr.Zhang 陪 Ally 去看皮肤科医生，交流以后，陈教授说：你过于焦虑，这样不利于治疗。Your husband has the right attitude. You should learn from him（你先生的态度就很好，你要向他学习）。

Ally 说：他当然态度好哇，那些痘痘又没长在他脸上。

回家路上，Mr.Zhang 说：其实我和笛子一样，很不愿意当啥榜样的，很容易招人嫉妒。

"神"

Ally 说：在治疗皮肤的这个月不想见人。

Mr.Zhang 说：那你怎么天天见我。

Ally 说：我说的是外人。

Mr.Zhang 说：说你反应慢嘛，你还不承认。把话递到嘴边都不知道接。你说我不是人，而是"神"不就得了吗？

Ally 说：神经病的"神"。

被夸腻了

Ally 很久以前淘到一个漂亮的竹筐子，用它来装换下来的脏衣服。Mr.Zhang 总喜欢随手把衣服扔在筐子的盖子上面，Ally 批评过很多次，无效。

昨儿他又犯老毛病，Ally 说：你怎么老不长记性呀？

Mr.Zhang 说：我就是故意的。你得有点儿心理准备，我从小被人夸，有点儿腻了！

逗孩子

Mr.Zhang 是 Ally 见过的最会逗孩子的大人，没有之一。

散步回来，在电梯里碰见一个穿着校服的小男孩，Mr.Zhang 问：读二年级吧？

小男孩儿问：你怎么知道的？

Mr.Zhang 说：因为你的额头上写着"二年级"三个字。

小男孩满脸困惑，摸了摸自己的额头，说：才没有呢！

比赛

晚饭后下起小雨，Ally 和 Mr.Zhang 只好在楼下花园散会儿步。

碰见邻居家 5 岁的小姑娘正在那里踩小单车。童心未泯的 Mr.Zhang 走过去说：我跑步，你骑车，看谁更快，好不好呀？

小姑娘清脆地说：好！

一轮下来，小姑娘开心得不得了，期待地说：叔叔，我们再比一次吧！

可怜的 Mr.Zhang 只好陪着一次又一次地跑，直到大汗淋漓。

后来，小女孩把单车放在一边，说：叔叔，我们现在来比赛跑步吧！

Mr.Zhang 赶紧说：你去和别的小朋友玩儿吧。

然后丢下在一旁幸灾乐祸的 Ally，一溜烟儿地逃走了。

谍战英雄

Mr.Zhang 说：好多哥儿们都在我面前酒后吐过真言。

Ally 问：你没跟着一起也吐一吐？

Mr.Zhang 说：哈哈，总有人想灌醉我，想从我这儿套点儿啥，结果他们很失望，倒是他们自己啥都说了……

Ally 说：行啊，你呀！深藏不露！

Mr.Zhang 说：别忘了咱可是"耳目系"毕业的。

Ally 感叹：你真是生错了年代，这要是搁在从前，你指不定就成了《潜伏》里的余则成之类的谍战英雄了。

楼下有一报亭，在那儿好多年了，看摊的是位胖胖的大嫂。

可能是谍战片看多了，Mr.Zhang 不止一次说：这要是在战争时期，胖嫂的报亭就是很好的情报站。

春节那几天报亭关门了，昨天经过的时候，看见胖嫂出摊了，Mr.Zhang 问道：情报到了吗？

胖嫂很自然地接话：到了，就是情报有点儿少。

说完，递给 Mr.Zhang 一份比平时薄许多的《南方都市报》。

心堵

在车上，听见交通台主持人在播报交通信息，好像到处都在堵车。末了，主持人说：如果刚才的拥堵点没有包括您现在正在堵的地方，请编辑短信发送到……。

Mr.Zhang 冷不丁地来一句：我心堵。

默认就是赞同

Mr.Zhang 与朋友吃饭回来，对 Ally 说：我一哥们儿说自己炒两儿菜还行，特别不愿意洗菜洗碗。

Ally 说：你找到同类项了。

Mr.Zhang 说：其他人都赞同了，我没吱声。

Ally 说：哦？难道你与众不同？那还不赶快把碗洗了！

Mr.Zhang：默认就是赞同！

"太伤自尊"

Ally 说：昨天书记和市长带着市领导班子主要成员来 SWIS 调研，还是比较低调的。电子屏幕上只打了一个"Welcome to SWIS"就 OK 了。

Mr.Zhang 说：连这个都不要才是真低调。

Ally 说：我们平时来访客也会这样，以示友好嘛。

Mr.Zhang 问：我怎么一次也没有感受到你们的友好呢？

Ally 说：你是家属，级别不够呗！

最近家里地板翻新，暂住在 SWIS 公寓。

Ally 让 Mr.Zhang 把垃圾拿到楼下，Mr.Zhang 说：我都寄人篱下了，还要我干活，太伤自尊了！

Mr.Zhang 在看凤凰卫视的军事节目，他突然问 Ally：如果中日开战，我去抗日，你不会阻拦我吧？

Ally 说：我就是担心你会成为我军的负累。

Mr.Zhang 说：我到总参工作，出谋划策。

Ally 说：这样更糟，我们估计就彻底赢不了啦！

心态太好

开车经过深圳湾，Mr.Zhang 说：太美了！让我想起了法国尼斯的海边。

Ally 放眼望去，天也不那么蓝，水也没那么清，穿过云层的阳光也被蒙上了淡淡的雾霾……

Ally 说：如果不是眼神出问题了，那就是你的心态实在是太好！

岁数太大

Ally 说：我发现我们那些年轻老师到 SWIS 工作一段时后，谈吐和气质都提升了。

Mr.Zhang 马上站起来，扬了扬头，摆了个 pose。

Ally 问：什么意思呀？

Mr.Zhang 说：我在 SWIS 住了这么久，有没有变洋气点儿？

Ally 说：没办法，基础太差，岁数太大，住再久都没用的！

反客为主

Mr.Zhang 抱怨道：我的地位每况愈下呀！

Ally 问：这又是咋的啦？

Mr.Zhang 说：刚住过来 SWIS 的时候，是你从食堂打早餐给我吃，后来是两人一起下去吃，现在成了我打早餐给你吃。

Ally 说：我的理解正好相反，这恰好说明你的地位在不断提升，已经反客为主了。

散步

其他运动实在没法坚持，Ally 于是决定每天走路。

Ally 说：说好了走六圈的，结果一不小心就走多了半圈。

Mr.Zhang 说：要不咱往回走，把那半圈给还回去吧？

熬粥

终于搬回家来住了。好久没熬粥，有些手生了，今儿的燕麦粥非常稀，只见汤水不见米粒的，Ally 自己都有些不好意思。

Mr.Zhang 说：你可以到民政部门工作，专门负责赈灾。

最近 Ally 熬的粥时稠时稀，很不稳定，Mr.Zhang 颇为不满。今儿的薏米红豆粥几乎又成了干饭。

Mr.Zhang 说：能把每天做的事情搞得这么不靠谱的人真是奇葩！

邬舟子

有朋友约了 Mr.Zhang 到南科大谈个项目，出发前他对 Ally 说：哪天生意做烦了，到南科大当个客座教授也挺好的。

Ally 嘲笑道：就你这两把刷子？也就唬唬咱娘儿俩还行。

Mr.Zhang 说：要不咱捐个奖学金什么的，混个荣誉教授？哦，不行！要是撞上个方舟子之类的就麻烦了。

Ally 说：邬舟子随时准备打假！

马拉松

Ally 说：深圳今天举办马拉松，我从现在开始准备，明年参加一下，应该没问题吧？

Mr Zhang 说：这可是我近年来听到的最大胆的预言！

Ally 说：你赶快把装备行头给我备齐了。

Mr.Zhang 说：没问题！我顺便会把救援车也给你准备好的。

老板没了，老板娘还在

Mr.Zhang 说：早点儿睡吧，明早六点要起床。

Ally 问：干嘛这么早呀？

Mr.Zhang 说：我要下场打球。

Ally 说：明天又不是周末。

Mr.Zhang 说：我准备打球迎周末。

Ally 说：你实在是太自由散漫了！

Mr.Zhang 说：1997 年从集团公司脱钩，当时感觉特别爽！从此没有老板管我了，彻底自由了！

看见 Ally 冷眼看着他，他马上说：唉！老板没有了，老板娘还在。

学者

很多曾经非常高端大气上档次的词，不知啥时候起就被祸害了。

Mr.Zhang 说：今天吃饭的时候，小田向别人介绍说我是个学者。

Ally 说：我要是你的话，一定会脸红的。

Mr.Zhang 说：我立马对他说如果你再敢说我是学者，我就叫你大师！

那个人很了不起

Mr.Zhang 与一帮文化人聚会回来，Ally 嘲笑说：你一个生意人硬是混到人家文化圈里了。

Mr.Zhang 说：说来还真是要感谢邓康延大哥，都是他介绍的。

Ally 说：别忘了是苏拉把邓大哥介绍给你的。

Mr.Zhang 说：对哟，得先感谢她。

Ally 又问：是谁把拉子介绍给你的呢？

Mr.Zhang 说：是哦！那个人很了不起！

笑第二拨的

亲朋好友中不乏脑子快嘴巴坏、诙谐幽默之人。这帮人要是碰到一起，那真是针尖对麦芒，妙语连珠，火花四溅……

Ally 属于脑子比较慢的那种，常常是别人笑过以后，才反应过来，然后就傻笑个不停，再然后呢，就把自己笑成个笑话了，成为同志们调侃的对象。

邓康延大哥精彩点评：晓莉妹子是笑第二拨的。

损人不倦，"自黑"不止

Ally 的朋友中最会说话的女人是拉子，最会说话的男人是 Mr.Zhang，这俩人要是搁一块儿，Ally 除了不停地傻笑，几乎不用干别的了。

昨晚，拉子和庞庞请 Ally 和 Mr.Zhang 看爱尔兰踢踏舞《足尖上的风暴》。观看前吃饭时，服务员上了一盘腌笋。

Mr.Zhang 说：这是拉子的菜！

Ally 不明就里，Mr.Zhang 说：损（笋）啦！

拉子继续发扬"损人不倦，自黑不止"的精神，说：前段时间一个朋友送我回家，路过笋岗一路，他说这条路太适合你了，真是"损"一路哇！

蒸馒头与气色好

一早起来 Mr.Zhang 就开始忽悠人了。他对 Ally 说：你最近气色真好！真没几个人可以跟你比！

Ally 说：咱能不能不玩虚的了？赶快蒸几个馒头怎么样？

Mr.Zhang 说：你看我的话都说得这么极致了，你还不去蒸馒头？！

放低自己

Mr.Zhang 说：俞敏洪这个人不错，舍得放低自己。

Ally 说：真正有自信的人才有底气做到这一点。

Mr.Zhang 说：你愿意在家里放低自己吗？

Ally 说：我够放低自己的了！

Mr.Zhang 说道：那还不赶紧做饭去？

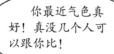

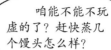

善始善终

昨天上午，Mr.Zhang 听见厨房有动静，他赶快起身，抢着要做早餐。

Mr.Zhang 说：2013 年最后一顿早餐我一定要亲自做，因为第一顿也是我做的，这叫好头好尾，善始善终。

Ally 说：你也太会讨巧了！两顿饭就搞定了一年。

Mr.Zhang 说：我一向认为过程真的没那么重要。

低调

Mr.Zhang 说：你是那种有点儿阳光就灿烂的人。

Ally 问：那你呢？

Mr.Zhang 说：我阴天晴天都一样。

Ally 说：真没见过你这样随时随地打压别人抬高自己的。

Mr.Zhang 说：我只是想说我是那种阴天晴天都那么低调的人。

血压有多高，智商就有多高

Ally 血压一直偏低，Mr.Zhang 的却有些偏高。

一天与拉子吃饭，得知拉子体检出来血压也偏高。

Mr.Zhang 说：没关系的，血压有多高，智商就有多高。

Ally 躺枪！

大牌

Ally 说：今天开政协会，我还是戴口罩去吧，免得那些好久不见的人关心我的皮肤，问来问去的挺烦人的。

晚上回家。

Mr.Zhang 问：你们那个明星委员许戈辉来了没？

Ally 说：来了，还发言了。

Mr.Zhang 问：她戴口罩了没？

Ally 说：没有。

Mr.Zhang 说：这么说就数你最大牌了？

首长，夜深了

外籍校长生病，几百份学生报告要签阅。

晚上，Ally 在书房工作，Mr.Zhang 走进来，很认真地说：首长，夜深了！

油嘴滑舌

Mr.Zhang 抱怨嘴唇特别干，Ally 建议他涂点儿唇膏滋润滋润。涂上以后，感觉油乎乎的，他说：难道这就是传说中的油嘴滑舌？

Ally 说：你这人有时就是过于诚实！

厚重

Mr.Zhang 说：吃饭的时候有一个哥们说我这个人看上去很厚重。

Ally 说：你咋回答的呀！

Mr.Zhang 说：我告诉他我的体重确实还可以。

老公怕老婆，老婆宠老公

Mr.Zhang 说：如果老公怕老婆，老婆宠老公，家里就安宁了。

Ally 说：前面这句我赞同，后面这句可以去掉。

Mr.Zhang 说：第一句反映的是现实，后一句说的是梦想！

行李箱

外甥看见 Ally 的大箱子，说道：才出去几天啊，带这么大个箱子！

Mr.Zhang 说：你还不知道你三姨，没带个衣柜就算好的了！

泡温泉

昨晚泡温泉的时候，Ally 对 Mr.Zhang 说：如果你敢到冷水池里泡一泡，我就会非常佩服你的！

Mr.Zhang 说：这有啥儿了不起的。

说完，就真的跳进冷水池了。他浑身发抖，可嘴里不停地叨叨：太爽了！

可能是受了他的影响，Mr.Zhang 刚起身，只见一位美女跳下冷水池，只听见一声惨叫，美女瞬间爬了出来。

Ally 忍不住爆笑。

过瘾

Ally 说：太不过瘾了！很多漂亮的冬装还没上身，天就热起来了。

Mr.Zhang 说：要不咱把空调全开上，温度调到最低？

得不了奖

Ally 早上出门精心收拾了一下，Mr.Zhang 问：搞得像参加奥斯卡颁奖礼似的。获奖感言准备好了吗？

Ally 说：放心，你听不到任何感谢你的话的。

Mr.Zhang 说：如果是这样，我会让你得不了奖！

开着灯说瞎话

昨晚，Ally 没心没肺地说了句傻话。

Mr.Zhang 随手就把灯给关上了，说：开着灯说瞎话很不好。

做了回主

今儿到山里度假屋小憩。

Ally 问：我们是 5：00 还是 5：30 往回走？

Mr.Zhang 说：5：15 出发。

Ally 问：为啥？

Mr.Zhang 说：至少让我感觉我做了回主。

好学生

Ally 说：培训我们的两个老师都很喜欢我，大家很投缘。

Mr.Zhang 问：你培训的时候坐第一排吧？

Ally 说：是的。

Mr.Zhang 问：老师讲的时候，你是不是面带微笑，频频点头，时不时眼神互动一下，冷不丁还问个问题？

Ally 说：那又怎样？！

Mr.Zhang 说：你就是那种老师喜欢、同学们讨厌的学生！

劳动

吃完早餐，Ally 在厨房洗碗。

Mr.Zhang 说：看到你辛勤地劳动，我会有点儿愧疚。

Ally 说：我正好相反，看见你劳动，我总是很开心。

Mr.Zhang 瞬间从厨房消失了。

脑袋也很浅

晚上散步，Ally 对 Mr.Zhang 说：把手机放你口袋里吧，我的口袋太浅。

Mr.Zhang 说：你浅的不光是口袋，脑袋也很浅吧。

见 Ally 要发作，他马上说：只要思想不浅就行了嘛！

贪玩的老婆

Ally 又开始策划春假外出游玩的事。

Mr.Zhang 说：你可不可以有一个假期就待在深圳？到山里的度假屋住几天不就得了！

Ally 说：只有离开深圳才能彻底放松。

Mr.Zhang 说：我在想象你老了以后如果有人问你最想干什么，你会如何作答。

Ally 问：说来听听！

Mr.Zhang 模仿老掉牙的老太太，豁着嘴说：玩儿！

Ally 把准备好的假期出国游玩的线路发到群里。结果只有拉子一个人吱了一声儿。

晚上下班回家，Mr.Zhang 说：你是不是特别失落，整了半天，只有你的铁杆一个人响应。

Ally 对他翻白眼。

Mr.Zhang 说：就没见过比你还贪玩的老婆！

吹

晚上散步的时候，一阵风刮过来，Ally 的眼睛里进了异物，很难受。

Ally 说：可能是小虫子，快帮我吹一下眼睛吧！

Mr.Zhang 试了好几次，也没能把异物吹走。

Ally 抱怨：你怎么这么笨呐！

Mr.Zhang 小声嘟囔了一句：我这人就是不会吹，也不喜欢吹。

干不了潜伏工作

Mr.Zhang 一早下场打球去了。Ally 起床后发现天气有点儿凉，顺手就披上了他的外套。

下班回家后，Mr.Zhang 说：乘人家不在，偷穿人家的衣服。

Ally 想不明白他是怎么知道的。

Mr.Zhang 说：你这人干不了潜伏工作。以后干完坏事，要记得把罪证消灭。

Ally 左想右想，终于想起来了，说：我把袖子卷起来了。

一枝花

在楼梯口碰见隔壁黄太抱着一大束鲜花往家走。

Ally 问：你先生送的吗？太浪漫了！

黄太说：哪里呀！是好姐妹送的。这辈子就没收过他一枝花！一枝花都没收过……！

Ally 安慰她说：我也一样！

Mr.Zhang 对黄太说：他不送花是因为你就是他的那枝花！

"屁股决定脑袋"

Mr.Zhang 读报纸，看到一篇怪文，笑着说：我知道你怎么这么笨了。

Ally 责问：你啥意思呀？

Mr.Zhang 说：报纸上说屁股大的人智商高，反之亦然。

Ally 说：这肯定是哪个大胖子瞎掰的。不过，开"两会"时有委员称政府部门做事是官大一级压死人，典型的"屁股决定脑袋"！这下可找到理论根据了。

Key point

晚上散步，Ally 甩手的时候不小心打到了 Mr.Zhang 口袋里的钥匙（key）上，Ally 疼得嗷嗷叫。

Mr.Zhang 说：我老婆就是厉害，随手一甩就能触击 Key point(关键点)。

半吊子英语

这阵子，Mr.Zhang 总是想 show 一下他的半吊子英语。

Ally 走进卧室，Mr.Zhang 说：向你汇报最新战果，I killed one, but another one is still alive（我杀死一个，另外一个还活着）。

Ally 说：什么情况？听起来怪吓人的！

Mr.Zhang 给 Ally 看他刚打死的一只蚊子。

Ally 竖起大拇指：英雄！

Ally 说：我的喉咙痛得很，嗓子也哑了。

Mr.Zhang 说：怎么听都觉得你像是在怪我！

Ally 说：这个真没有！

Mr.Zhang 说：You are 怪 ing me! 哎呀妈呀！我的英语真是太好了，中英自由转换……！

英语教材

前段时间网上流行一个老外讽刺中国人教版英语教材的视频，好多人跟着教材学了那么多年英语，一出国，才发现老外根本不那么说话。

昨天晚上在校园里散步，碰到一对美国夫妇，他们主动打招呼：Hi, Ally! How are you?

Ally 礼貌地应一答：Good, thank you!……

等他们走远了，Mr.Zhang 一本正经地说：原来你的英文那么烂啦！从前中学课本里学的难道你全忘了？！你应该说："I'm fine, thank you! And you?"

Ally's way, or the wrong way

Mr.Zhang 又没有按要求做事，遭到批评，他抗议道：为什么一定要按你的方式来做？！

Ally 说：在俺家只有 Ally's way, or the wrong way（Ally 的方式，或错误的方式）！

直接给你当下属

一早起来，东扯西拉，说着说着，Mr.Zhang 忽然感慨：我不会招你这样自以为是的人当下属的。

Ally 面露不悦。

Mr.Zhang 说：我的意思是我直接给你当下属得了！

梦游太空

Mr.Zhang 自称是一个常常仰望星空的人，从童年开始就读了大量太空探险的书，相关纪录片、电影更是不会错过。昨晚忽悠 Ally 陪他看了《星际穿越》，回家还兴奋不已，他说：这是我近年来看过的同类题材中拍得最棒的！

Ally 说：估计你今夜又要梦游太空了！

Mr.Zhang 说：我会带你一起去的。

Ally 说：谢谢您了！我还是踏踏实实地待在地球上好！

怕老婆

电梯里新换一个广告，是邓超代言的。

Ally 说：这哥们挺好玩的……

Mr.Zhang 说：听说他跟我一样特别怕老婆！

Ally 说：成天说自己怕老婆的没有一个是真的，不然哪儿好意思说呀！

Mr.Zhang 说：别人我不知道，我是真怕！

Ally 说：别逗了！除了你女儿，你谁都不怕。

Mr.Zhang 说：我和她是朋友，不存在谁怕谁！

Ally 说：戒烟、减肥，我和你妈说了好久都没用，笛子一管，你就听了！

加小码

Ally 与朋友聚会回来，Mr.Zhang 看到几个人的合影，忍不住笑出声了：你的女朋友都很有分量，三个人分别是大码、加大码、加加大码；站在他们旁边，你最多一加小码。

工作过敏

Ally 说：上了两天班，过敏好像又加重了。

Mr.Zhang 说：终于找到过敏源了！搞了半天，你是工作过敏呀！

半夜也做白日梦

一早 Ally 急匆匆地赶着上班，Mr.Zhang 说：给我 10 秒钟，给你讲个梦。

Ally 说：快说，我要迟到了！

Mr.Zhang 说：昨晚我带着你到机场接人了。

Ally 问：谁？

Mr.Zhang 说：奥巴马！

Ally 说：你半夜也做白日梦！

反对性别歧视

Mr.Zhang 说：你新聘的外籍小学校长怎么又是个女的呀？

Ally 说：在一个以男人为主导的领域里能脱颖而出的女性一定更加优秀。

Mr.Zhang 举起拳头抗议，高呼：反对性别歧视，打倒女权主义！

抢饭碗

晚上到荔枝公园散步，看见一大群人在学跳拉丁舞。Ally 忍不住舞动了两下。

Mr.Zhang 说：如果你在队伍里跳，估计教练很快会把你撵走的。

Ally 问：为啥？

Mr.Zhang 说：他会认为你是来抢饭碗的。

出镜率太高

Ally 边收拾行李边说：这条围巾很漂亮，可惜出镜率太高了，这次就不带了，换条新的！

Mr.Zhang 说：你这个人出镜率更高，该咋办呢？

靓衫就像强心针

昨晚看完演唱会，回到家已经很晚。今天又要去政协议事厅当嘉宾，Ally 直喊累。

可是当穿上靓衫往镜子前一站，整个人都缓过来了。

Mr.Zhang 说：你这个人解乏太容易了。靓衫就像强心针，一穿就精神。

天敌

接受采访那天，拍摄灯光烤得 Mr.Zhang 大汗淋漓，于是把空调调到最低温度，然后 Ally 受了风寒，连续三天低烧头痛。

Ally 说：空调是我的天敌，你那么喜欢空调，所以你也是我的天敌！

Mr.Zhang 说：你这种人要是没有天敌制衡一下，那还不长疯了！

保养

晚上散步，巧遇一位多年未见的熟人，××集团董事长。岁月在他身上作用明显，发际线后退不少，将军肚挺得老高。

他问 Mr.Zhang：兄弟，你是咋保养的？怎么越来越年轻了？

Mr.Zhang 说：答案很简单，因为我没有当××集团董事长！

迷路

昨晚散步，Ally 一时兴起，决定走条新路，可是一转弯就晕了向。

Mr.Zhang 不但不帮忙，还在一旁说怪话：现在知道了吧，偏离我党的正确路线有多可怕。我建议回到起点，重走。

Ally 小声嘟囔：要找得回去才行！

把话说完

和老朋友一家吃饭,Mr.Zhang 问:好久没一起打球了,你现在打多少杆儿?

朋友说:70 多杆吧!

Mr.Zhang 非常佩服,说:真是进步神速哇!

朋友说:这是半场的成绩。

Mr.Zhang 说:伙计,下次最好一次性把话说完。

Ally 人民广播电台

Mr.Zhang 一早兴冲冲地起来,准备到东部华侨城云海谷打球。对于这种自由散漫的行为,Ally 很不爽,想打击一下他。

Ally 说:有大雾,球场封了。

Mr.Zhang 问:谁说的?

Ally 说:Ally 人民广播电台预报。

几分钟后,Mr.Zhang 接了一个电话,然后愤然地对着 Ally 说了一句:你这个乌鸦嘴!

为什么不呢

Mr.Zhang 到北京参加同学会，回来的时候飞机晚点，到家已是半夜三更。早上起来，Ally 发现他竟然把行李箱放在餐桌上，气不打一处来，责问道：为什么要把脏兮兮的行李箱放在餐桌上？

Mr.Zhang 说：哼！昨晚放的时候我就想好了答案：为什么不呢？！

谁会做就谁做

鉴于 Mr.Zhang 迎来送往表现不错，Ally 主动要求做早餐。Ally 在厨房打鸡蛋，Mr.Zhang 说：一听就是很少下厨房的人，节奏太慢，而且没有规律。

Ally 没有回应。

Ally 把炒饭端到桌子上，Mr.Zhang 说：一看就知道油没放够。

Ally 没有回应。

Mr.Zhang 尝了一口，说：没有放胡椒，味道少那么一点儿。

Ally 说：你继续挑吧，我心态好得很，谁会做就谁做呗！

Mr.Zhang 说：做不好才需要多锻炼。

午餐 Ally 坚决不做，Mr.Zhang 只好自己动手。

更年期

Mr.Zhang 与多年的好友吃饭回来，对 Ally 说：××说他老婆更年期，脾气变得很古怪。

Ally 说：啊？这么可怕！我要是也变成那样怎么办呀？

Mr.Zhang 说：你的更年期二十多年前就开始了，我已经习惯了……！

别得罪咱媒体人

Mr.Zhang 开会回来，对 Ally 说：我碰见×××了，他好像与我很熟的样子，其实我们没见过几次。

Ally 坏坏地笑道：嘿嘿，他在我的微信朋友圈里。

Mr.Zhang 说：完了！你圈里到底有多少人啦？！你成天乱写一气，我的形象全让你给毁掉了！

Ally 说：所以说啦，得罪谁也别得罪咱媒体人！

搪瓷杯

Ally 启用了从欧洲带回来的搪瓷杯，Mr.Zhang 拿在手里端详了好久，然后说：要是上面再印几个字就更有感觉了。

Ally 问：哪几个字？

Mr.Zhang 说："为人民服务"，或者"人民公社"，或者一个"奖"字！

爸爸去哪儿

昨晚，Ally 看了一会儿《爸爸去哪儿》。

Mr.Zhang 说：你看这么有深度的节目，一定受到很大

启发……

Ally 装着没听出他的讽刺，说：确实很有收获！

Mr.Zhang 说：能分享一下吗？

Ally 说：新西兰很美，应该去一趟！

饱吃不如饿睡

昨晚睡觉前 Mr.Zhang 有点儿饿了，Ally 鼓励他忍一忍，"饱吃不如饿睡"。

一早醒来，他告诉 Ally：我梦见了各种各样的饼，自己的吃完了，还想吃别人碗里的。

资深旱鸭子

Ally 说：从 SWIS 毕业的每一个孩子都必须学会游泳，我们把它设置到课程里了。

Mr.Zhang 说：这样很不公平！应该规定每个老师也要会游泳，否则不能在这里上班！

作为一个严重畏水、曾让多名教练崩溃的资深旱鸭子，Ally 的自尊心严重受伤！

Ally 对 Mr.Zhang 说：除了请了几位中方教练，SWIS 还有 4 位从国外聘来的专职游泳教练。

Mr.Zhang 说：太奢侈了吧！班级学生才二十来人，怎么需要那么多老师？

Ally 说：为了确保安全，上游泳课时师生比是 1：5，也就是说一个老师最多只管 5 个学生！

Mr.Zhang 说：想想也是可以理解的，要是碰到你这种水平的学生，师生比可能需要变成 5：1，五个教练也未必可以教得好你一个……！

Ally 好不容易下决心要学游泳了，但信心明显不足。

昨天上完课回到家，Ally 对 Mr.Zhang 说：我的左右腿力量不平衡，没法直线前进，老是转圈圈！

Mr.Zhang 问：上了几次课了？

Ally 说：三次了！

Mr.Zhang 说：都三次了，还在转圈？！

Ally 很沮丧地说：你这一打击就更没信心了！

Mr.Zhang 马上说：才三次就会转圈了，真是天才啊！

随时待命！

女强人

发现家里洗发水快没了，Ally 于是想到附近的超市购买。路过街角，听见有人大声说着啥，Ally 没有理会，继续往前走。

"喂，女强人，过来算一卦吧！"

Ally 定睛一看，路边一个算命的先生正对着自己嚷嚷。

Ally 平生最讨厌的就是被称作"女强人"，何况穿着居家休闲服、柔弱娇小的自己怎么看都没有所谓女强人的范儿。

Ally 对着他回了一句：你们家全是女强人！

像公主……她妈

Ally 穿着好友黑玛亚设计的新一季衬衫裙，收获了许多赞美，尤其是外籍校长和外籍老师赞不绝口。

回家后，Ally 在镜子前自我陶醉。Mr.Zhang 说：真漂亮，像公主……！

Ally 还没来得及得意，只听他又加了两个字：她妈！

全程"黑脸"无交流

清晨，两人在路边咖啡馆喝杯热咖啡。Ally 掏出手机查看邮件和微信。Mr.Zhang 有些不高兴了，说：幸亏我们不是名人，不然被狗仔队拍到，报纸上就会写"全程无交流"！

Ally 看着他几场球下来被加州阳光亲吻得黑红的脸，补充道：全程"黑脸"无交流！

孩子的性别和父母的智商

好友的分享：有人经过观察和数理统计，得出震惊世界的定律，孩子的性别和父母一方智商最高的人相反，准确率高达 80% 以上。也就是说，如果父母中妈妈智商高，孩子一般是男孩，爸爸智商高，孩子一般是女孩。这是物种进化、自我选择和生态平衡的结果！

Ally 问 Mr.Zhang：你怎么看？

Mr.Zhang 坏坏地说：这个我不敢随便表态呀！最好问一下我家笛子。

最经不起的就是表扬

Ally 与友人聊天，表扬 Mr.Zhang 这大半年应酬明显减少，常常有时间一起到附近的公园散步。

Mr.Zhang 仿佛有顺风耳，偷听到了 Ally 说的话，从当天开始，一连三天都没回家吃晚饭，还一次比一次回得晚。

Ally 很不满意，说：刚在朋友面前吹了牛，你就是存心与我对着干！

Mr.Zhang 说：我这人从小到大最经不起的就是表扬！

焗油

Ally 说：不好了，白发都冒出来了，得赶快去焗个油了。

Mr.Zhang 说：我也去整一下。

Ally 说：你用不着，男人头上飘着几根白发更有味道！

Mr.Zhang 说：那我干脆焗成白色。

二奶奶

Mr.Zhang 他们家在家族里辈分高，他在家排行老二。从前陪他回老家时，有一帮岁数比我们还大的人叫我俩"二叔""二婶"的，好不尴尬。

今儿到婆婆家吃饭，巧遇远房一老大哥带着他的孙子来串门。

Ally 刚进门，老大哥就把孙子抱过来，说：快叫二奶奶！

Ally 顿时感到年龄倍增。

回家路上，Ally 抱怨道：跟着你别的便宜没捞着，倒是这么快就荣升为"奶奶"了，还是个"二奶奶"！

邬医生真神

Mr.Zhang 说：怎么有点儿头晕了？

Ally 马上说：气压低，血压高。

Mr.Zhang 说：邬医生真神！望、闻、切全省了，直接就诊断，了不起！

忽悠

Ally 戴着一项从日本买回的黑帽子，到对面超市去买了些鸡蛋和杂粮馒头。

Mr.Zhang 看到了，说：哎呀！怎么感觉你手里捧的鸡蛋都变优雅了，馒头的质数也变高了。

Ally 哭笑不得，说：就没见过比你还会忽悠的人！

张家三兄弟一个比一个能忽悠人。

今天在三弟家聚餐，他读大一的儿子最近突然爱上做饭，今晚露了几手，炒了几个小菜，味道还真不错。

大哥对小家伙说：我忽然发现你的缺点非常突出……！

众人不知何意。他接着说：你干任何事情都要胜人一筹，这样很不好嘛！

Ally 对 Mr.Zhang 说：终于找到比你还会夸人的了！

他们说的都不是真的

Mr.Zhang 一早起来不知为啥惹 Ally 不高兴了，又被训了一通。

Mr.Zhang 说：唉，这辈子绝对不能给女人当下属！

Ally 说：有我这样的领导，老师们都幸福着呢，不信你去问问？！

Mr.Zhang 沉默了一会儿，开口唱起一首歌：我现在才知道，他们说的都不是真的……！

识途的老马

凤凰卫视在播一档关于汗血宝马的节目，Mr.Zhang 说：咱们俩都属马，能算得上宝马吗？

Ally 自谦地说：我最多算是匹识途的老马！

Mr.Zhang 说：你真是哪壶不开提哪壶！连家都找不回来的人也敢用"识途"二字？

狗语

晚上散步，在十字路口等红灯的时候，看见一只白狗躺在地上舔自己的毛。Mr.Zhang 对着它把自己知道的狗狗的名字全叫了一遍，小白狗毫不理会他。最后 Mr.Zhang 学了几声狗叫，只见小白狗立刻跳了起来，对着他回叫了几声。

Ally 问：它到底想表达什么呢？

Mr.Zhang 说：这个你应该懂的，你不是学外语的吗？

超人

　　Mr.Zhang 说：看你买的那些钟哦，花里胡哨的，根本看不清时间。

　　Ally 说：我买的钟装饰功能大于报时功能。

　　Mr.Zhang 说：你的思维异于常人！

　　Ally 说：你还好意思说我！你忘了体检时医生怎么说的？有你这样的脑电图是十万分之一的概率。

　　Mr.Zhang 说：你是异于常人，我是超于常人！

词汇量还不够大

苏亚姐退休后坚持学英文，进步非常大。一天，她在 Ally 微信里留言：Mr.Zhang is the most handsome, witty, friendly and humorous man I have ever seen!

Ally 回复说：大姐可以到 SWIS 教英语了。

苏亚姐说：我发现用英语夸人特别自然。

晚上与拉子吃饭，Ally 给她和 Mr.Zhang 看了大姐留言，Mr.Zhang 非常受用。

过了一会儿，他说：其实大姐的词汇量还不够大，没有把我的优点全都说出来！

复习英语单词

Ally 给南兆旭大哥打电话，想跨年的时候跟着他一起去大鹏半岛，迎接 2015 年深圳的第一缕阳光。

刚放下电话，就听见 Mr.Zhang 大声说：Cloudy, rainy, stormy!

Ally 愤怒了，说道：乌鸦嘴！你什么意思呀？！不想去直说呀！

Mr.Zhang 说：我只不过在复习与天气相关的英语单词。

夜秀

　　年前商场促销，Ally 更新了户外活动装备，于是开始盼着"小睫毛粉丝团"早日恢复活动。结果领头的南兆旭大哥和各位团友开年后奇忙，装备首秀时间一推再推。

　　一早起来，看见 Ally 又在侍弄新买的登山包，Mr.Zhang 说：要不今晚到荔枝公园散步的时候把包背上？

帅哥控

在拉子家吃饭，笛子分享了她在哈萨克斯坦拍的一些视频，大家都认为哈国小伙比较帅。

南哥说：笛子和拉子都是帅哥控。

大帅哥庞庞又抛金句：拉子是帅哥控制不住！

比谁忘得最快

昨晚看《最强大脑》，Ally 对那些选手佩服之极：他们不但眼睛好、耳朵好，记忆力也超强。

Mr.Zhang 说：从前你记电话号码也挺厉害的呀。

Ally 说：现在是啥也记不住了。

Mr.Zhang 说：建议他们修改一下游戏规则，你获胜概率还蛮大的。

Ally 知道没啥好话的，果然 Mr.Zhang 说：可以比赛谁忘得最快！

干实事与务虚

Mr.Zhang 说：女儿回家，最开心的人是我。你好像没多大的反应！

Ally 说：你也就是动动嘴皮子，是谁把到处收拾得干干净净，把所有东西准备好的？

Mr.Zhang 说：有人干实事，总得有些人务虚……！

靠谱

昨晚散步，发生争执。Ally 生气地说：你这人太不靠谱！

Mr.Zhang 说：是的，你比我靠谱！你成天指手画脚，把自己当成指挥家，没谱，你行吗？

写诗

几个朋友聚会,其中有几位酷爱写诗的人。

不会写诗的恒博大哥酸溜溜地说:我觉得不会正常说话的人才写诗……!

Mr.Zhang 马上接口说:难怪我不会写诗!

剪发的最高境界

下班后,Ally 去剪头发,几个小时以后回家,问 Mr.Zhang 头发剪得怎么样。

Mr.Zhang 看了看,说:没看出区别,像没剪一样!

见 Ally 非常生气。Mr.Zhang 接着说:我个人认为这就是剪发的最高境界。

越混越惨

Mr.Zhang 说：这个周末到我妈那儿吃饭吧！

Ally 说：我又要参加一个 IB Workshop。

Mr.Zhang 说：成天培训，有完没完了！我看这 IB 一定是要把你们都变成 SB 了。

Ally 懒得理他。

Mr.Zhang 说：怎么感觉你越混越惨了？从前都是别人花钱请你做讲座，总是你培训别人，现在刚好反过来了……！

面对如此"毒舌"，Ally 继续无语！

代驾

放假了，Ally 和 Mr.Zhang 约了拉子和晏慈小聚，因为小酌几杯，拉子请了代驾，先送 Ally 和 Mr.Zhang 回家。

下车后，Ally 对 Mr.Zhang 说：赶紧把车牌号码记下来。

Mr.Zhang 问：为啥？

Ally 说：拉子一个人在车上，我不放心！

Mr.Zhang 笑晕过去了：拜托！她请的是代驾，不是打的！

成功秘籍

带着婆婆和妈妈旅行，途中拉起了家常，Ally 听到了这辈子最愿意听到、也是最实用的成功秘籍。

Mr.Zhang 的小侄儿读大一，还处在充满希望和梦想的年龄。有一次他问我婆婆：您认为我二伯（Mr.Zhang）事业成功的最大秘诀是什么？

婆婆想了想说：他找了你二伯母（Ally），她工作稳定，二伯快要坚持不下去的时候也不怕没有饭吃。

一天三层楼

早年干部调进深圳是要参加调干考试的,不仅要考专业,还要考时事政治。Ally 平生最讨厌的就是死记硬背,大学期间学得最差的就是政治课,唯一一次补考的科目是"中共党史"。Mr.Zhang 知道 Ally 的短板,每天散步的时候就出些题帮 Ally 备考。

考完当天回到家,Ally 兴奋地对他说:你还真猜中了几道题。其中有道题是关于国贸大厦创下的深圳速度。

Mr.Zhang 不放心地问:你是如何作答的?

Ally 说:一天三层楼。

Mr.Zhang 气疯了:明明是三天一层楼!你有点儿常识好不好呀?!你以为是在搭积木呀!

还好 Ally 最终得了 61 分,涉险过关。Mr.Zhang 至今仍认为是考官觉得 Ally 傻得可怜,送了两分。

一次一年

Ally 说：到国际部这两年好像生病次数明显减少了。

Mr.Zhang 说：就是过敏了一次，一次一年！

爱得少一点儿

吃早餐的时候，Mr.Zhang 看着窗外蓝天白云，说：太美了！I love Shenzhen!

Ally 问：你不怕热了吗？

Mr.Zhang 说：在空调屋里更爱一些，在太阳底下就爱得少一点儿。

我最喜欢吃的就是粉丝

与好姐妹阿芳难得相约，平时两个都忙得很。

到的时候，她正在和一位朋友聊天，见到 Ally 和 Mr.Zhang，她介绍说：我的这位朋友是 Ally 的超级粉丝……！

Mr.Zhang 马上接口：哼！我最喜欢吃的就是粉丝。

校长老婆

一大学同学从海南过来出差，Mr.Zhang 和另外几个在深圳的同学请他吃饭。聊天中得知好几个人的老婆都当了校长，海南的同学问：你们怎么都喜欢找当校长的呀？

喝了点儿酒，哥儿几个胆都肥了。其中一个哥们儿大言不惭：还不都是我们培养出来的！

Mr.Zhang 随声附和：这年头不培养出个校长还敢随便出来混？！

扯平了

Mr.Zhang 说：今天派人参加一个展会，我是不是应该到场鼓励一下？

Ally 在看报纸，头也不抬，说：随便！

Mr.Zhang 问：我穿啥衣服合适？

Ally 说：随便！

Mr.Zhang 换好衣服准备出门，又问：你看这样可以吗？

Ally 说：你烦不烦啊？！爱穿啥穿啥！

Mr.Zhang 说：你也知道烦呀？！ 90% 的早上你出门前会问我同样的问题！

你是在说我吗

周末的时候，喜欢轮流到婆婆、妈妈家蹭饭吃，不但可以吃到地道的家乡菜，还可以与兄弟姐妹们胡吹海侃，放松放松。

昨天晚饭后闲聊，弟媳对 Ally 说：据说你特别喜欢招帅哥老师？

Ally 绝对不会随便承认这点儿的，尤其是 Mr.Zhang 就在旁边。

Ally 说：他们首先得会教书，其次才要长得帅。再说吧，我认为他们没有一个比我老公帅。

Mr.Zhang 假装谦虚地说：哎，这样说就很不好嘛，还是有人比我帅的！

我弟马上问道：你是在说我吗？

换个地方住住

Mr.Zhang 说：LC 的老婆抱怨他成天换工作，她自己就不敢随便换。

Ally 说：那 LC 是怎么说？

Mr.Zhang 说：LC 说，我不换人，换个工作还不行吗？！

Ally 笑死了，说：你们同学嘴巴都够快的。

Mr.Zhang 说：我告诉他们我不换人，也不换工作，换个地方住住还不行吗？

于是 Mr.Zhang 坚持要我们搬到国际部公寓住一段时间。

扩大业务

工作的时候，Ally 尽量做到面带微笑，充满正能量，但回到家里，卸下盔甲后，有时也会非常脆弱和负面，每每这个时候，Mr.Zhang 就得苦口婆心地开导她。

昨晚散步的时候，Mr.Zhang 得意地说：一连两天与朋友吃饭，我都无意中充当了心理咨询师的角色，效果还真不错！

Ally 说：业务范围扩大了哈？

Mr.Zhang 说：这真的要归功于你呀！二十五年来给我提供了太多锻炼和实践的机会，让我有信心把心理咨询业务扩大到家庭以外……！

把日子过成了小品

Ally 说：最近总有人给我转发李健老婆记录他们生活的微博，说什么我写的东西跟她写的有点儿像……

Mr.Zhang 说：大概因为别人都叫我们"健哥"吧……

Ally 说："李"和"张"，一字之别，差距咋那么大呢？人家李健被称作"金句王"，而你则是"毒舌张"；人家把生活过成了诗，你却把日子过成了小品！

Mr.Zhang 说：太矫情了！

别让他们听到了

Ally 不怕热，所以在办公室很少开空调，谓之绿色环保。可怜了那些外籍教师，找 Ally 谈点儿事，不一会儿工夫就汗流浃背的。

Mr.Zhang 说：你不开空调，是存心不想他们多待，不想让他们烦你，对吧？

Ally 说：嘘！千万别让他们听到了！

混"帐"

办公室唐老师问拉子：你"五一"去干啥？

拉子说：与朋友露营去！

唐老师问：你有帐篷？

拉子说：没有。他们应该有的。

唐老师说：你这就是典型的混"帐"！

珠峰大本营

海边天气瞬息万变，刚到山顶，大雨来袭，六个人赶紧躲进一顶帐篷里，听风听雨听海哭的声音……

Mr.Zhang 说：怎么有点儿珠峰大本营的感觉了？！

拉子马上说：哎哟不好！我突然有了高原反应！

靠脸吃饭与靠脸色吃饭

庞庞身着一袭白衣，海风吹拂，白衣飘飘，玉树临风，颜值极高，是深受广大女同胞喜爱的"小鲜肉"。男同胞们多少有些羡慕嫉妒恨！

南哥公司帅哥小朱是资深摄影师，也特喜欢户外活动，皮肤是被阳光亲吻过的蜜糖色，同行的朋友中，只有 Mr.Zhang 的肤色与他有得一比。

Mr.Zhang 对小朱说：有些人是靠脸吃饭的，有些人是靠脸色吃饭！

最优秀的毕业生

昨晚，几家朋友聚会，都是机智有趣之人，欢乐不断，Ally 贡献了许多的傻笑。

Mr.Zhang 在警大的师弟师妹两口子，据说是青梅竹马，读同一所中学，同一所大学，我们问他们小学是否也是读的同一所。

师妹说：我读的是重点小学。

师弟不服输，说道：我是我们那所学校有史以来最优秀的毕业生。

大家伙儿不信，师弟说：在我之前没有一个人考上大学，在我之后，那所学校改为聋哑学校了。

Ally 笑道：那真是前无古人，后无来者！牛！

众人乐翻了！

管理

一个部门负责人给 Mr.Zhang 打电话，请教管理中遇到的问题，Mr.Zhang 非常耐心细致地进行指导。

等他放下电话，Ally 忍不住吹个小牛：咱俩都没学过管理，也没人这样手把手地带，咋的就无师自通呢？！

Mr.Zhang 说：这还不得归功于你呀！把你这么难管的人管理好了，其他人都不在话下！

Ally 哭笑不得：你这个人还会不会聊天呀？！

反正没在身边

Mr.Zhang 经常到小区图书室借《南风窗》《财经》和《国家地理》等杂志。今儿借书回来，Mr.Zhang 说：那个很热情的管理员非要给我介绍小区里一个与我同名同姓的人，还是个女的，结果一见面吧，人家说认识你，还到过咱家。

Ally 说：想起来了，是有这么一个人儿。

Mr.Zhang 说：她对图书管理员说我老婆很有名，很厉害的。

Ally 问：我想听听你咋回答的。

Mr.Zhang 说：反正你也没在，我就说再厉害她也只是我老婆，我让她往东她也不敢朝西。

早上，Mr.Zhang 要去万象城一趟，天气太热，他想穿短裤去，便问 Ally：我可不可以穿这个出门呀？

Ally 说：没关系呀！反正我不在旁边。

下午他要去参加一个活动，又在犹豫要不要换正装，问 Ally：我可不可以穿这件圆领衫？

Ally 说：没关系！反正我也不在旁边。

Mr.Zhang 说：反正丢不了你的脸，是吧？你太不贤惠了！

不好的消息

Ally 说：刚才在朋友圈看到一个不好的消息。

Mr.Zhang 问：你别吓人啦！怎么回事？

Ally 说：咱们那个纪录片要到凤凰卫视去播了……！

Mr.Zhang 说：有点儿过了！你看你这事儿整的！关键是本来想要突出女主角儿的，结果让男配角抢了风头。我要是你，赶快申请禁播。

排毒

Ally 说：老有人推荐我去辟谷，这个假期准备去试试，感觉体内毒素堆积太多了……！

Mr.Zhang 说：难道你就是传说中的"毒妇"？！

Ally 非常生气，说：真希望能找到一个地方给你的"毒舌"排排毒！

我不敢信

一早收到新聘的中学部 Student Affairs Coordinator（学生事务协调员）发来的教师培训计划。

Ally 说：这个人的能力在很多方面甚至超过了中学校长，当时我还有些顾虑他们是否能友好相处，没想到俩人合作得很好。好领导就是要有胸怀用比自己强的人！

Mr.Zhang 说：你把我也用得挺好的，我有比你强的地方吗？

Ally 说：如果我说你哪方面都比我强，你信吗？

Mr.Zhang 说：我不敢信！

刷步数

Ally 说：太搞笑！刚看到一个段子，说现在时兴一种软件，让朋友圈的人比拼谁每天走的步数多。为了争取好名次，有些懒人竟然想到把手机绑在狗狗身上！

Mr.Zhang 说：绑在汽车轮胎上不是更快？！

种瓜得豆

最近，Ally 成天在校园里转悠，想辟出个园子给孩子们种菜，还在网上搜集了大量资料，欲罢不能。

Ally 对 Mr.Zhang 说：退休以后我要当园艺师……

Mr.Zhang 看着连仙人掌都会养死的 Ally 说：那很可能出现种瓜得豆的情况！

效率太低

Ally 抱怨道：你好不容易做顿饭吧，把厨房弄得像鬼子扫荡过一样，我得花做两顿饭的工夫才能收拾干净！

Mr.Zhang 说：这只能有两种解释，要么我做的这顿饭非常丰富，要么就是有人做事效率太低！

Facebook

Mr.Zhang 问：你今天准备干啥？

Ally 说：脸上又有些敏感，上午去皮肤科陈教授那儿看看，下午把书稿整理一下……

Mr.Zhang 说：你的一天可以用一个英语单词来概括：Face+book=Facebook。

宠物猪

这年头养什么当宠物的都有。

昨晚散步,碰见一位身材娇小的女士遛着一个庞然大物。

Mr.Zhang 好奇地问: 这是一头宠物猪吗?

女士说: 是香猪。

这时开过来一辆车, 车主摇下车窗, 非常唐突地问了一句: 是猪吗?

女士白了他一眼, 没有理睬。

Ally 感慨道: 会不会说话, 待遇真是不一样啊!

老了卖的是价值

与朋友约好一起到海南玩，Ally 完全不管事，对去了以后住哪儿、去干些啥是一问三不知。

Mr.Zhang 说：你这种人有可能被骗去卖了还会帮着数钱的！

Ally 说：太老了，卖不起价了！

Mr.Zhang 说：年轻时卖的是价格，年老了卖的是价值！

看得汗直流

Ally 喜欢带围巾，夏天也不例外，室内防空调，室外防晒防风。

今天，三亚天气酷热，Mr.Zhang 建议 Ally 把围巾摘下来。

Ally 说：我没觉得热呀？

Mr.Zhang 说：可是把我看得汗直流哇！

硕鼠

早餐时，Ally 看到腾讯新闻推送的一条消息，便读给 Mr.Zhang 听：陕西太白县两位粮食官员非正常死亡……。

Mr.Zhang 打断 Ally：两个字可以概括死因。

Ally 不解。

Mr.Zhang 说：撑死！

与国际接轨

Ally 从曼谷开完会回到家里，疲惫不堪。

Mr.Zhang 问：为什么一定要去开这个会？

Ally 说：要办一所国际学校，不进去这个圈子里多看多学怎么能行！

Mr.Zhang 说：如果真的想与国际接轨的话，你先得把名字给改了。

Ally 知道他没啥好话，没接茬。

Mr.Zhang 说：比如说撒切尔夫人她们都改随夫姓了。你得改叫"张邬晓莉"才真正有国际范儿！

坚守

一个哥们儿成天说南山区好，极力劝说 Mr.Zhang 把公司从福田搬过去，Mr.Zhang 不为所动，坚守福田。

昨晚，这哥们发朋友圈：南山停电啦！

Mr.Zhang 回了四个字：福田有电！

不够自信

Ally 对 Mr.Zhang 说：你得告诉准女婿一个世界性的定律：老婆永远正确，一个家才能长久安宁。让老婆永远正确的男人才是真正有自信的男人……！

Mr.Zhang 说：看来我还不够自信，有时候也会觉得你是错的，只是不够胆说出来而已！

红宝书

Mr.Zhang 从合肥出差回来，对 Ally 说：抽空逛了一下旧书市场，淘了一本书。你猜猜是什么？

Ally 说：书海无涯，给个提示吧。什么年代的？

Mr.Zhang 说：新中国成立后的。

Ally 立马答道：《毛泽东选集》。

Mr.Zhang 惊呼：知我者，老婆也！

做计划

Mr.Zhang 说：今年怎么没见你做新年计划？

Ally 说：去年唯一的计划就是学会游泳，结果没有完成，还弄得患湿疹了。想起来就自卑！

Mr.Zhang 说：做计划嘛，一定要基于对自己的充分了解。如果你的计划是出几趟国呀，去哪些地方玩儿呀，一定能够完成的。

修养太好了

早上起来，Ally 问：你知道我昨天为啥突然不想理你们吗？

Mr.Zhang 说：我正在纳闷怎么得罪你了呢？！

Ally 说：你们把家里弄得乱七八糟的，我很生气！

Mr.Zhang 说：你不说出来，我们怎么知道你生气了呢！

Ally 说：我都佩服自己修养太好了！

Mr.Zhang 说：领导修养太好不利于下属的成长进步哇！

这个杀手不太冷

忙碌的两个人，很久没有机会闲扯。

午饭后，看见 Ally 很认真地侍弄着一个盆栽，Mr.Zhang 说：我想起一部经典电影里的场景。

Ally 马上说："这个杀手不太冷！"

Mr.Zhang 表情复杂，说道：你难道不可以假装没猜中吗？！

Ally 说：我以为猜中了有奖。

不上当

同志们都放假了，两个懒人的吃饭问题真成了问题。

昨天从老爸老妈处打包一些东西回家，其中有老妈炸的花生米，Mr.Zhang 边吃边赞：你妈炸的花生真的很好吃！

Ally 说：只要是我妈感兴趣的事情，她都能做得很好。

Mr.Zhang 说：我老婆不管感不感兴趣，只要开始做了，就一定能做好的……！

Ally 坚决不上当！

你就是个 π

自从和潘教授见面回来，Mr.Zhang 就开始查阅秦岭相关资料，期待着有机会去探访野生大熊猫。早上起来，他说：晚上做梦，梦见了白头叶猴。

Ally 说：研究了一晚上的熊猫，却梦见一群叶猴，你真是个 puzzle！

Mr.Zhang 说：还是你厉害！你就是个 π！再多的科学家、再强大的计算机也无法找到你的规律！

| 我们仨 |

小女子可成大器也

笛子小学一年级的时候，非常爱吃巧克力。一天上学前，Ally 像往常一样给了她一块巧克力，然后对她说：如果你可以坚持到放学回家后再吃这块巧克力的话，妈妈会再奖励你一块！

当天放学回家，笛子第一时间跑到 Ally 面前，兴奋地说：妈妈，你看我忍住没吃！

事后 Mr.Zhang 一边抗议 Ally 虐待他的宝贝女儿，一边自豪地说：小女子可成大器也！

"怒"不外借

笛子小学时的钢琴老师是深圳艺校的刘老师，水平高，要求严，个性强，有品位。笛子对她是由惧怕变成佩服。一天上完钢琴课回来，笛子在书房忙了好半天，把自己的书分门别类地整理好，非常认真地贴好标签。晚上，Ally 到书房察看，忍不住笑趴了。只见其中一个标签上写着：精品收藏，"怒"不外借。

Ally 问笛子：为什么突然想起来要整理书房了？

笛子说：刘老师今天带我参观了她的书房，我是学她的。

Ally 问：那个"怒"不外借是怎么回事？

笛子说：刘老师说有些特别珍贵的书和碟怕借给别人弄坏了或者弄丢了。

Ally 嘴角上扬地说：善于学习的孩子非常棒！以后要是能观察得更仔细些就更好了。老师应该写的是"恕"不外借！……

挑拨

没有哪个孩子喜欢爸爸妈妈拌嘴的，笛子绝对是个例外。无论是假期回来，还是在微信里，或者视频的时候，常常煽风点火，一副唯恐天下不乱的样子。

她每天读 Ally 和 Mr.Zhang 乱扯的段子，时不时点评一下：

"祝贺老妈经过二十多年的努力，终于取得了可圈可点的进步！"

"老妈水平发挥得不稳定。"

"今天的表现有些让人失望！"

"嗯，不错，有进步！"

……唉，啥孩子呀！成天挑拨！

五十做主

一早醒来，Mr.Zhang 说：你得有点心理准备！

Ally 说：听起来好像有点儿吓人。怎么回事？

Mr.Zhang 说：笛子临走前对我说，老爸，你也是快 50 的人了，在家里也该自己做做主了。

Ally 说：这小破孩儿！

空手套白狼

Ally 晚上回家，在微信里听到笛子与 Mr.Zhang 的对话，简直乐晕了。

笛子今年的计划中有一项是要学习理财，她打起了耶鲁提供的奖学金的主意，她想找 Mr.Zhang 先借一万美金来小小运作一下，等奖学金到手再还钱。

Mr.Zhang 说：你已经学到一招了，"空手套白狼"。

"野"

Ally 对笛子说：你老爸批评我从小就带着你满世界乱跑，让你玩野了。

笛子说：没事儿！我爸说的"野"是"视野"的"野"。

"三把手"

笛子打电话过来，聊起暑假想到哈萨克斯坦去走走，Ally 说：我会向咱们家"三把手"传达领导旨意的。

笛子说：你要是这点儿事办不好的话，就自动降为"三把手"了。

Ally 马上致电 Mr.Zhang 说了笛子的想法。

Mr.Zhang 说：可以升职了，我肯定不同意去啦！

消化运动非常高调

聊天的时候，笛子把头枕在 Ally 的肚子上，听见 Ally 的肚子"咕咕"地叫，她对 Mr.Zhang 说：我妈的消化运动非常高调。

试杆

每次到美国，Mr.Zhang 最喜欢看的就是高尔夫频道，估计那是他唯一全部看得懂的节目。

毕业典礼后回到酒店，电视里正在直播泰格·伍兹打球，Mr.Zhang 说：泰格打球的姿势是所有球员中最好看的。

笛子说：错！我妈打球姿势最优美！当然，打不打得到球是另一回事了！

Mr.Zhang 说：那是你妈在试杆，有时要试好多下！

西雅图的天气

笛子说：老爸，我知道我妈为什么喜欢西雅图了。

Mr.Zhang 说：为啥？

笛子说：她的脾气就像西雅图的天气，一会儿下雨，一会儿出太阳。

Ally 说：你想说我喜怒无常吗？

笛子说：这是你自己总结的哈，这个词我爸和我是不敢用的。

相当相当年轻

Mr.Zhang 边看报纸边说：×××应该不年轻了，八十年代就出道了。

Ally 说：推算起来大概跟我们差不多大吧。

笛子说：那还相当相当年轻嘛。

Mr.Zhang 笑道：耶鲁大概看中你这个忽悠劲儿吧？

笛子说：如果按照这个标准，他们首先应该录取你呀！

真理跑老爸那儿了

Ally 对笛子说：你这娃儿没良心，老妈对你多好呀，你却总是站在你爸一边。

笛子说：我很公正的，我一般选择站在真理这边，只是碰巧大部分时候真理跑老爸那儿了……

用心

早上醒来，Mr.Zhang 叫笛子过来我们房间聊天，笛子没听见。

事后 Mr.Zhang 对笛子说：你之所以没听见是因为你只是用耳朵听，而不是用心听。

笛子说：我之所以没听见是因为你在用嘴叫我，而不是用心。

一早起来，笛子就跑到我们房间，她说：我感觉到有人在用心叫我了。

Mr.Zhang 说：不好意思，这个还真没有。

笛子说：又没说你，我妈叫我呢，对吧，老妈？

Ally 赶紧点头称是。

越不让我干啥，我就越想干

笛子韧带有些拉伤，到医院做了推拿，医生下手有些重，弄得腿上有些淤青。

Mr.Zhang 说：给老爸看看啥情况。

笛子说：很痛的，只许看，不要碰到哈！

结果 Mr.Zhang 还是用手戳了一下。

笛子痛得嗷嗷叫，向 Ally 告状：看你的老公哦，戳我痛处！

Mr.Zhang 说：没办法，越不让我干啥，我就越想干。飞机的应急门上写着"Do not open the door"，结果我一路都想着要打开那扇门。

有理不在声高

已经是晚上十点多了，父女俩还在看杂志。笛子对 Mr.Zhang 说：我们得抓紧时间把杂志看完，有人马上会催我们睡觉啦！

Mr.Zhang 小声说：我最近都不怎么听她的了。

笛子说：你的声音怎么那么小哇！

Mr.Zhang 说：有理不在声高。

小心小码变中码

Ally 最大的毛病就是不爱运动，Mr.Zhang 教育多次，未果，遂放弃。

笛子返家后，想拉着 Ally 一起练瑜伽，Ally 先答应了，临末了又想耍赖。

笛子劝道：你工作压力那么大，又经常头疼，锻炼一下，一定会好很多。

见 Ally 不为所动，笛子决定改变策略。她说：小心小码变中码哈！

Ally 想到满衣柜漂亮的小码衣服有可能穿不进去，这事儿挺大的，马上答应跟她去练瑜伽了……

名人名作

笛子邀请了她所在的清唱团参加了耶鲁中国留学生春晚，演出结束后，她通过微信发来了与他们校长的合影。

Mr.Zhang 看到照片后问：校长旁边那美女是谁呀？

笛子回了两个字：名人。

笛子对小姨说：我妈收藏了不少名人字画，还有名人早期的陶瓷作品。

小姨当真了，说：哇噻，你妈发达了！

笛子说：有些还被我妈裱起来挂在墙上了。

小姨反应过来了：那个名人就是你吧？

笛子说：难道我在咱家不有名吗？

人才

去外婆家的途中，笛子讲起 Mr.Zhang 的趣事，小姨说：你爸真是个人才！

笛子问：那你是啥呢？

小姨说：人才的小姨子！

革命没有成功

对于 Ally 喜欢管东管西，Mr.Zhang 和笛子心怀不满。

笛子说：要不咱们绝食抗议？

Mr.Zhang 说：挨饿的滋味不好受。

笛子说：是哦，我估计也受不了。

Mr.Zhang 说：不如这样吧，我们吃了睡，睡了吃，不理她得了！

Ally 冷笑：哪儿有那么好的事儿呀？谁做给你们吃呢？

革命没有成功！

Ally 问笛子：前两天你们闹着要革命，到底是为啥呀？

笛子想了想说：真的想不起来了。

Ally 说：那你闹个啥劲儿呀？

笛子很哲学地说：估计历史上很多的革命最后都忘了为啥。

遗传

笛子过敏性鼻炎又发作了，Mr.Zhang 非常内疚地说：都是爸爸遗传给你的！

笛子安慰他说：你也把智慧遗传给我了呀！

Mr.Zhang 说：由于受某些不利因素的影响，连这个也没能百分之百地遗传给你呀。

笛子说：其实我妈妈不犯糊涂的时候还是很聪明的呀！

绅士风度

与朋友吃完晚饭，乘地铁回家。

笛子说：现在国内的男孩一点儿也没有绅士风度，许多人从来不会主动帮女孩子拎东西。

Mr.Zhang 听闻，赶紧把 Ally 手中非常小的手袋硬抢过去拎着。

听起来假

笛子忽悠 Mr.Zhang：老爸，像你这么帅的人不应该这么有本事！

Mr.Zhang 说：人不可貌相，像你妈这么漂亮的人，谁也不会相信她有这么能干的。

Ally 说：怎么听起来那么假呀？！

Mr.Zhang 说：不能因为听起来假就不说实话呀！

Ally 的鸡皮疙瘩掉了一地！

师傅

Ally 说：烦死了，政协每次选举都让我当监票员。

笛子说：是不是因为你这人特傻、特认真呀？！

Mr.Zhang 说：我认为是你妈形象气质俱佳，站在前面养眼。

笛子对 Mr.Zhang 拱手作揖：师傅啊，我忽悠的功夫还得练呐！

你们分别会对我更好

Mr.Zhang 一早就下场打球。

笛子起床后，嚷嚷着让 Ally 给她弄杯柠檬蜂蜜水。见 Ally 没有动静，笛子说：不要因为我爸不在家，干活就没动力哈！

Ally 说：你不在家，干活才没动力。

笛子说：这个一定要说给老爸听，原来他没有那么重要。

Ally 说：成天挑拨，对你有啥好处呢？

笛子说：你们分别会对我更好！

这事儿就是你干的

笛子问 Ally：别人都说你们培养得好，你们到底有没有培养我呀？

Ally 说：别的我不敢说，我至少养了你。

笛子说：别推卸责任了，这事儿还真就是你干的！

最讨厌榜样

笛子抗议了：千万别再带我出去吃饭！

Ally 问：这是为啥呀？

笛子说：个个家长都要小朋友向我学习，以我为榜样。那些孩子肯定恨死我了。

Ally 说：怎么会呢？

笛子说：我从小就最讨厌那些所谓榜样呀、偶像呀，我要真学了他们，就不是现在的我了。

管管头皮以外的事儿

外婆家的饭菜太丰盛，在美国挨饥受饿的笛子吃得很香。

看着狼吞虎咽的笛子，Ally 忍不住提醒道：少吃点儿，作为舞蹈家要注意身材。

回家后，笛子向 Mr.Zhang 告状：隔着那么大个桌子，她还要管我。

Mr.Zhang 说：隔着那么大个太平洋，她一样想管你！

Ally 喜欢笛子把头发扎起来，显得清爽青春，笛子虽然不情愿，但也照做了。

笛子对 Mr.Zhang 说：不知道我妈要管我到什么时候呀？

Mr.Zhang 说：随她去吧！她也就只能管管头皮以外的事儿了，脑子里的东西她管不着的！

笛子今天下午要飞成都。早上出门前，Ally 想着要叮嘱几句，还没开口，笛子抢先说：要注意防晒，多喝水，不要贪吃！

Ally 一时语塞。

Mr.Zhang 说：简单地说吧，你岗岗姐吃啥你吃啥，她吃多少你就吃多少；或者是你苏姐吃多少，你减半就好！

脑子太快，嘴巴跟不上

笛子读了邓康延大哥给《先生》写的序，佩服得很。

笛子说：邓伯伯的文笔实在太好了！可他说话怎么有些结巴呀？

Ally 说：他脑子太快，嘴巴跟不上。尤其是碰上你爸和苏拉阿姨这样脑子快、嘴巴坏的人，他心里就更着急，结巴得更厉害了。

纯天然"野生"调味品

笛子说：周六吃饭叫上我苏姐吧？没她不好玩！

Mr.Zhang 说：难道她是天然调味品？

笛子说：我妈也可以说是纯天然调味品！

Mr.Zhang 说：那你苏姐得加上两个字，纯天然"野生"调味品！

你真的蛮有眼光的

Ally 把笛子四岁左右涂鸦的一头狮子裱起来，挂墙上了。

Ally 说：我很喜欢这幅画。

笛子说：你真的蛮有眼光的。以后谁要是说你不懂艺术，你就跟他急！

境界

笛子不仅长得像爸爸，还几乎复制了 Mr.Zhang 的思维方式。

看着腻在一起的 Ally 和笛子，Mr.Zhang 说：越看越觉得你抱着的是别人家的孩子，好像与你没多大关系！

笛子对 Ally 说：你真的很不容易哦，对别人家的孩子视如己出，这是什么样的境界呀！

你确定这是在表扬人吗

Ally 问笛子：如果有可能，你最希望哪些地方像我呀？

笛子说：持续专注地做事情的能力……

Ally 说：这个我很爱听。

笛子接着说：还有就是健忘，今儿发生的事儿明儿也许就不记得了。

Ally 说：你确定这是在表扬人吗？！

不当大哥已经很久了

笛子说：老爸，我发现您待人接物很有分寸感，度把握得特别好！一群人中，您虽然年龄不是最大的，但很有大哥范儿。

Mr.Zhang 说：我不当大哥已经很久了，要不就再当一回吧！

笛子说：那我妈就成为传说中"大哥的女人"！

自立的感觉真爽

笛子说：老爸，以后不用刷你的卡了，能自立的感觉真爽！

Mr.Zhang 说：那可我太失落了，还是偶尔刷刷吧！

笛子说：你放心吧，我妈会加倍那个啥的！

没人抢着喝没意思

Mr.Zhang 和笛子都爱吃鱼，平时争着抢着能吃许多。晚上，Mr.Zhang 陪朋友吃完饭回来，发现饭桌上剩了一大碗鱼汤，他问笛子：这么好的汤，你不爱喝吗？

笛子说：你不在家，没人跟我抢着喝，没意思！

默契

笛子中 Mr.Zhang 的毒很深，不仅口味相同，思维方式也很接近，常常异口同声说出同样的话，尤其是在对付 Ally 的时候。

笛子于是喜欢与 Mr.Zhang 玩猜猜猜的游戏，来测试两人的默契程度。真的很神奇，Mr.Zhang 一般很快就猜中答案。

笛子说：我今天用国内的手机重新申请了一个微信号，填信息的时候编了个地名，你猜是哪里？

Mr.Zhang：哈萨克斯坦？

笛子说：很近了，是新疆的一个城市。

Mr.Zhang：阿克苏！

笛子：太神了，老爸！

Ally 怎么也弄不清他们的思维路线图，猜哈萨克斯坦吧，是因为笛子有朋友在那里，马上跳到阿克苏，实在无法解释。

你这么笨的学生

笛子跟着一个德国教练学习瑜伽，每天上六个小时的课。

Ally 跟着上了一次课，就一直在晒网。

笛子说：我教你一个通过呼吸练习腹部肌肉的方法，你自己在家也可以练习。

Ally 学了好久才找到窍门。

笛子感叹：我以后要是碰到你这么笨的学生，该怎么办呐？！

多了一个营

自从笛子回家，家里热闹许多。今早笛子要赶着去上瑜伽课，自己准备早餐和自带午餐，叮铃咣啷的，动静贼大。

Mr.Zhang 感叹：多了一个银（人），怎么像多了一个营！

瞎撞

笛子对 Mr.Zhang 有些盲目崇拜。她对 Ally 说：老妈，你怎么这么会找老公呀？

Ally 说：我深度近视，瞎撞呗！我一直认为他是因为找了我才变成这样儿的。

近墨者黑

Ally 准备好水果等笛子下课回来吃。今天准备的是她最爱的红心火龙果和奇异果。吃的时候，笛子发现绿色的奇异果染上了红色，她对 Ally 说：这就叫近朱者赤。

Ally 提醒道：近墨者也会黑的。

笛子说：好像话里有话哟？谁是墨呀？

Ally 说：你跟你爸待久了吧，也会变得脑子快、嘴巴坏的，老妈只是善意提醒你一下哈，没别的意思。

太坦白了

不赶忙的时候,笛子早上喜欢到我们房间躺着聊会儿天。

今天她发现 Ally 换了新的丝绸枕套,夸赞道:好舒服,头枕上去滑滑的。

Mr.Zhang 说:很滑头!

笛子说:你这样批评自己也太坦白了!

迟早要还的

Ally 边走边阅读商场指南,笛子多次提醒 Ally 走路小心。上电梯时,见 Ally 仍然低头阅读指南,笛子大声说:都说了好几遍了,你还要看,怎么这么不听话!

那神态和语调像极了 Ally 当初管教她的样子。

Mr.Zhang 在一旁坏坏地笑:你也有今天?!出来混,迟早是要还的!

经纪人

家庭音乐会结束后，Ally 和 Mr.Zhang 都争着要给笛子当经纪人。

笛子对 Ally 说：不能让你当，不然，我们会成天为服装、头发之类的事发生争执，上台肯定出错。

Ally 不甘心：别的都不管，只帮忙管钱，行不？

一说完就后悔了：又不会理财，又特别会刷卡，这样的经纪人，估计没人敢请呐。

帮父母实现愿望

笛子问：如果你现在有时间和精力，你最想兼职做的是什么呀？

Ally 果断地说：玩儿。

笛子说：这个愿望我可以帮你实现的。

Ally 说：这个就真的不用麻烦你了。

笛子说：很多父母没有实现的愿望都是孩子们帮忙实现的。

玩儿。

如果你现在有时间和精力，你最想兼职做的是什么呀？

这个愿望我可以帮你实现的。

这个就真的不用麻烦你了。

很多父母没有实现的愿望都是孩子们帮忙实现的。

中计了！

厚脸皮

Mr.Zhang 在看书，翻书的时候不小心把下巴划了一道口子。

笛子说：看来你的脸皮没有我妈说的那么厚哇！

笛子成为母校耶鲁大学本科生的面试官，Ally 调侃道：那你可得认真对待，一定要挑到像你这样优秀的才行。

笛子得 Mr.Zhang 真传，脸皮厚厚地说：这个还真有点儿难！

Ally 硬要笛子读她给蓝予新书写的序。

Ally 说：写得很不错的，很值得看！

笛子问：咱家到底谁的脸皮最厚呀？

Ally 说：你爸和你不在家时，我排第一！

角色倒错

笛子说：老爸让我负责教育你，如果我把从前你教育我的那一套全用在你身上，你将作何感想？

Ally 说：我会很开心的。

笛子说：这可是你说的！从今晚开始，每天跟我上瑜伽课，不许讨价还价哈！

这个假期，角色倒错。

到了上瑜伽课时间，Ally 磨磨蹭蹭，又想耍赖。

笛子说：你最近总是过敏，是因为你不运动，不出汗，身体里的毒素就排不出来，免疫力下降。

Ally 说：我浑身没劲儿，就是不想动呀！

笛子说：你不锻炼，如果生病怎么办？老爸又忙，我又不在身边，谁照顾你呀？

见 Ally 还赖在沙发上，笛子叹口气：你怎么这么叛逆呀？！

想着反正也躲不过，不如主动点儿。Ally 第二天晚上主动追着笛子老师要上瑜伽课。

笛子说：咦？叛逆期这么快就过了？！

　　Ally 的过敏完全不见好转，心情烦躁。笛子又像小大人一样耐心细致地给 Ally 做思想工作。

　　笛子说：心态很重要，你不能太焦虑，否则情况会更糟糕。你真的应该改变一下自己的生活习惯，加强锻炼，从根本上解决问题。

　　Ally 说：我不是已经开始跟着你练瑜伽了吗？

　　笛子说：这还不够，还应该配合其他的运动，多出汗才行！

　　Ally 说：我实在是不喜欢动呀！

　　笛子说：我妈妈曾经对我说，人不能只干自己喜欢的事，很多时候还要做那些不喜欢但非常有益的事……！

　　Ally 冷汗直往外冒。

　　笛子接着说：你可以不听我的，但是我妈妈的话你应该听，她很厉害的，她的学生都叫她"校长妈妈"，她办的学校许多人都往里挤，还把我培养成一个耶鲁女孩，……！

　　Ally 实在听不下去了，打断笛子：我明天就去锻炼还不行吗？

　　一旁的 Mr.Zhang 乐得像朵花儿似的。

你可以管"约瑟夫"

Ally 对 Mr.Zhang 说：你现在让女儿来管我，我总不能没人管吧，我只好管你了。

Mr.Zhang 说：你完全可以管"约瑟夫"呀？

Ally 问：谁是约瑟夫？

Mr.Zhang 说：看来你的英语真不怎么样嘛！Yourself(你自己)！

赢了的洗碗

Ally 不想洗碗了。笛子和 Mr.Zhang 于是玩起石头、剪刀、布，来决定谁洗，结果 Mr.Zhang 赢了。

笛子说：赢了的去洗碗。

幕后黑手

Ally 对 Mr.Zhang 说：笛子回家后，你就沦为打酱油的了。

Mr.Zhang 说：没关系的，我就负责点个火儿就行。

Ally 问：你啥意思呀？

Mr.Zhang 说：我就对笛子说了句"你妈锻炼的事儿就交给你了"！

Ally 早该想到了，幕后黑手在这儿呢！

省钱又省心

Ally 说：××阿姨家的孩子下个月要到美国读大学了。据说培训费和中介费花了二十来万。

笛子说：我想对你说三个字。

Ally 问：啥？

笛子说：不客气！

Ally 想想也是该好好谢谢笛子，本科、研究生全靠自己申请，而且几乎没参加过啥培训，省钱又省心！

不是真听懂了

结束寻根之旅，父女俩回到家里。Ally 正在看一部希腊神话电影。

笛子说：我最不喜欢看希腊神话，诸神的名字又长又拗口。大一的时候选了"西方艺术史"，学得非常辛苦，是我唯一担心会挂科的课程。

Mr.Zhang 说：你妈去美国看你的时候，据说还去蹭过课。

笛子说：最搞笑的是她边听边点头，边听边点，结果老师就对着她讲了。

Mr.Zhang 说：她不是真听懂了，她的颈椎有毛病，而且这毛病中学就开始了。

你妈妈好还是我老婆好

Ally 出差回来，家里的两个貌似非常开心。没过多久就开始拿 Ally 开涮。

Mr.Zhang 问笛子：是你妈妈好还是我老婆好？

笛子说：当然是我妈更好！

Mr.Zhang 说：可是总听见你抱怨你妈老是管你呀？我从来没抱怨过我老婆……！

笛子说：因为那样做的话，后果很严重！

丰衣足食

吃完早餐，Ally 发现盘子里还剩着一个小笼包，硬要 Mr.Zhang 吃掉，他说：我已经吃得很饱了，吃不下了。

Ally 二话没说，把剩下的小笼包硬塞到他嘴里。

Mr.Zhang 边嚼边做痛苦状，对笛子说：你现在知道你老爸过的是啥日子了吧？！

笛子说：丰衣足食！

绝交

三瑜伽很多体式都是以动物命名的。Mr.Zhang 从外面回来时，笛子正在教 Ally 猫弓背，舒展脊椎。

课程结束后，Mr.Zhang 开始模仿 Ally 的动作和笛子的指令：吸气，到猫……

他的样子和声音很夸张，结果把母女俩都得罪了。

第二天早上一睁眼，他又吼一嗓子：吸气，到猫！

笛子说：老爸，你太可恶了！我要与你绝交！

Ally 说：同意！

见笛子和 Mr.Zhang 约着一起看电影，有说有笑，Ally 忍不住提醒：你们不是绝交了吗？

Mr.Zhang 说：我们所谓"绝交"是绝对要交往的意思。

你，值得信赖

Ally 从外面回来，笛子兴奋地说：跟我老爸交流后，我找到了研究的方向，不再困惑了。

Ally 说：一定要有自己的判断，千万别被他误导了……！

笛子看着 Mr.Zhang 说：亲爱的老爸，你，值得信赖！

Ally 说：怎么听起来像巴黎欧莱雅的广告呀！

深圳的天气像泼妇

Ally 准备离开家的时候，阳光灿烂，于是把窗打开通风。可刚出门没多久，狂风暴雨就袭来了。晚上回到家，Ally 一边擦拭窗台上飘进来的雨水，一边对笛子抱怨：就怪你，把西雅图的天气带回深圳了，阴晴不定！

笛子说：西雅图的天气像小女人，深圳的天气更像个泼妇。

Ally 赶快收声，怕引火烧身。因为在西雅图的时候，笛子曾说 Ally 的情绪像西雅图的天气。Ally 可不愿意被说成那个啥！

小国之道

笛子的瑜伽课结束了，早上又喜欢跑过来躺着聊天。

Mr.Zhang 说：你怎么总喜欢躺在中间呀？

笛子说：好平衡两个大国之间的关系。

Ally 说：你整个就是挑拨离间，唯恐天下不乱！

Mr.Zhang 说：见风使舵，小国生存之道！

告状

Ally 和笛子有个约定，走路或走楼梯的时候不看手机。

但这几天在法国，总是连不上 Wi-Fi。今天从酒店出发前，Ally 想着一整天都会没有 Wi-Fi，于是抓紧时间上了一下微信，结果一脚踏空了，差点崴到脚了。

没过两分钟，Mr.Zhang 给 Ally 看他和还在国内的笛子之间的短信。

Mr.Zhang 写道：你老妈走路看手机，差点儿崴到脚了。

笛子回复：强烈谴责，严肃批评！

这状也告得太快了吧！

知识在发光

今儿与笛子视频，Ally 说：你看上去气色不错呀！

笛子说：我一大早就起床改文章了，只睡了 5 个小时。

Ally 说：没看出来，真的很精神的，额头很光亮。

笛子说：难道是知识在发光？

向往生活在别处

笛子发来在Almaty（阿拉木图）的公寓照片，Mr.Zhang感慨地说：她就是有能力把别处过得像家一样。

Ally说：我也可以呀！

Mr.Zhang说：你是人在家里，却总是向往生活在别处。

经不起考验

到一个陌生的国度，一定会遇到许多困难。由于不想让我们操心，笛子是典型的报喜不报忧，尤其对Ally有些隐瞒，但从他们父女俩的对话中，Ally猜到一定有些事是自己不知道的，于是威逼利诱Mr.Zhang坦露实情。

笛子后来对Mr.Zhang说：你太经不起考验了！

Mr.Zhang说：是你妈严刑逼供，不得不招哇！

品位

Ally 说：《南方都市报》上有篇文章说女人的最高品位体现在她所选的男人上；当然，男人的品位也体现在他对女人的选择上。

笛子说：这样看来老妈的品位非常高，老爸的就要逊色一点儿。

Ally 说：你爸给你喝啥迷魂汤了？总这么向着他！

笛子说：我妈今儿特别开心，因为我从她的衣柜中挑了几件衣服。从前她就想给我，当时我没看上。

Mr.Zhang 说：你的品位提升得很快呀！

笛子说：你这是在夸我呢？还是在讨好我妈？

我很讲礼貌的

一早醒来，迷迷糊糊听见厨房叮铃咣啷地响着，好像有人在做饭。一会儿笛子推门进来：快起来吃早餐，我亲自做的炒饭。

Mr.Zhang 说：哇噻！太幸福了！

说完马上起床。

Ally 还没完全醒过神儿来。

笛子说：老妈，快起来，一会儿凉了不好吃。

Ally 说：你先吃吧。

笛子说：不行，大家一起吃！我很讲礼貌的。

亲生的

前段时间考试压力大，生活没规律，疏于锻炼，笛子比暑假胖了点儿。吃饭的时候，Ally 忍不住总提醒她少吃点儿。

笛子说：我怀疑我不是你亲生的。

Ally 问：啥意思呀？

笛子说：小时候，我不想吃饭吧，你硬是逼着我吃，现在我想多吃点儿吧，你又不让我吃。

正能量大使

笛子说：我发现妈妈气色越来越好了，是不是与我在一起非常开心呀？

Ally 说：你确实是我的正能量大使！

笛子说：难道比我爸能量还大？

Ally 说：完全不在一个级别。

笛子说：我这样理解可以吗？我是大使，他是使馆工作人员。

最关键的一句

Mr.Zhang 看了 Ally 贴出笛子炒饭的段子，提出强烈抗议：最关键的一句话你没有写进去。

Ally 问：哪一句？

Mr.Zhang 说：笛子说她炒饭是得我真传。

Ally 说：没写进去的原因有二：一来是为了突出重点，二来是不想别人误以为你经常在家做饭。

笛子说：老爸，媒体掌控在老妈手里，你就认了吧！

吃苹果

笛子和 Mr.Zhang 就是不喜欢吃苹果，平时都是 Ally 切成块儿喂着吃，才勉强吃几口。

Ally 说：妈妈要去上海出差几天，你在家要乖乖的哈。

笛子调皮地说：那没人喂我吃苹果咋办？

Ally 说：你放心，今儿我会把几天的水果喂好了再走。

笛子直呼"救命"！

女儿买的 T 恤

笛子用自己的奖学金给 Ally 和 Mr.Zhang 各买了一件 T 恤。

好不容易天热了，Mr.Zhang 非常得意地说：天热了，终于可以穿我女儿买的短袖 T 恤了。

Ally 不动声色从抽屉里拿出笛子给她买的衣服，在镜子前比划：我女儿给我买的这件衣服的颜色太美了。

Mr.Zhang 停了一会儿，说：我这件明显比你那件质地要好！

脑容量太小

Ally 对笛子说：今天看到一个阿姨分享的在哈佛校园的照片，她家儿子摸了哈佛雕塑的智慧的左脚。你摸了一次，好像真的智慧了不少。我摸了两次，却好像没啥大变化呀？

笛子说：你的脑容量太小，是盛不了那么多智慧的。

缝扣子

笛子说：我老妈是最美丽、勤劳、善良、能干的妈妈！

Ally 说：打住！有啥事儿赶快说！

笛子说：这条裤子上的扣子掉了一颗，能帮我缝一下吗？

传染

一早笛子打电话回来，与 Mr.Zhang 聊得热火朝天，末了想与 Ally 说会儿话。

Mr.Zhang 说：她不想说话，又头痛了！

笛子说：我的头也很痛！

Mr.Zhang 说：这么远也能传染？

笛子说：跟我妈一样，还不都是被你弄的呗！

助理

笛子对 Mr.Zhang 说：有一个非常可怕的消息！

Mr.Zhang 问：怎么了？

笛子说：我妈主动申请给我当助理。

Mr.Zhang 问：你敢请她吗？

笛子说：她当惯了领导，一定会帮我把所有的主都做了！不如我请你吧？

也不知怎么聊起来的，Ally 说：我一月份会再去伦敦的。

笛子说：我争取飞过去陪你，给你当当助理。

Ally 说：我们是去招聘，忙得很，没时间游玩。

笛子说：所以需要我这个助理专门负责帮你玩儿呀！

公主病

笛子小时候，Mr.Zhang 最喜欢指挥她帮自己做些小事情，小家伙就屁颠屁颠地跑东跑西，忙得不亦乐乎。

前两天，Mr.Zhang 故伎重演，开始笛子就帮着做，后来终于忍不住罢工了。

Mr.Zhang 说：嘿，啥时候得了公主病了？

笛子说：你成天自称"朕""寡人"之类的，说啥我也得配合你一下呀！

珍稀动物与野生动物

一个朋友的孩子在深外本部，平时学习压力大，父母也盯得紧。好不容易放假了，父母也放松了监管，儿子说：上学的时候我是珍稀动物，放假后就变成野生动物了！

星座很不靠谱

一早把笛子送走，Mr.Zhang 感慨万分：这娃儿像一阵旋风刮过，一刻不停。一周内办了那么多事，见了那么多人，昨天中午还见了两位朋友，三个人居然还打了会儿游戏……

Ally 说：这三个生日只差几天的处女座女孩儿实在太不一样了！

Mr.Zhang 说：确实！一个太知道自己要什么，一个知道自己不要什么，一个想不起来自己要什么。

Ally 说：看来星座很不靠谱的。

青菜车

笛子各方面都受 Mr.Zhang 的影响很深，包括饮食习惯。所以每次见面，Ally 总忍不住要叮嘱她多吃青菜水果。

Ally 和 Mr.Zhang 到耶鲁的当天晚上，笛子做了一个梦，梦见了整车大大的青菜，"啥时候能吃完这么多青菜呀？"然后就给愁醒了。

第二天笛子讲给 Mr.Zhang 听，他对 Ally 说：看你把孩子吓的！

申请调换一个

Mr.Zhang 和 Ally 住在耶鲁的宿舍里。笛子对 Ally 说：你对你的室友还算满意吗？如果不满意，可以跟舍长说一下，申请调换一个。

还没轮过来

在纽约的时候，笛子对 Mr.Zhang 说：你看我妈哟，昨天买的新衣服今天就穿上了。

Mr.Zhang 说：不然就不是你妈了，新衣服三天内绝对穿上身。

Ally 说：这也太夸张了吧？！

Mr.Zhang 说：当然也有例外，那就是买的衣服超过三件，还没轮过来……

指路

昨天在华东师大校园里逛的时候，一位老太太走过来问路，Ally 非常自信而准确地给她指了方向。

笛子说：我得赶快把这个好消息告诉我爸：老妈可以给人指路了！不过，估计这是你唯一能给别人指对路的地方吧？

群众

笛子在办理去哈萨克斯坦的签证，需要提供她的银行存款证明、无犯罪记录证明之类的。她在家庭群里留了言，Mr.Zhang 像往常一样，放下手头的事儿，赶紧就去落实。

Mr.Zhang 说：唉，她就像个领导，一声令下，就得去办了！

Ally 说：她不是一直都在领导你么？

Mr.Zhang 说：I quit!（我不干了！）

Ally 说：你都已经是群众了，还有啥好辞的呀？

待遇

晚饭时间已过，Mr.Zhang 还没回家，Ally 心怀不满。

电话铃响起，Ally 拿起电话，没好气地"喂"了一声，结果电话里传来笛子的声音，Ally 马上转换语调：哎哟，是宝贝呀！我还以为是你爸呢！

笛子说：我俩的待遇咋这么不一样呢？

没有长大

笛子在外面很独立、很成熟的样子，一回到家，尤其是见到 Mr.Zhang，瞬间就变成个爱撒娇的小女孩儿。

昨晚临睡前，Mr.Zhang 去笛子房间道晚安，Ally 偷听了他们的对话，乐坏了。

Mr.Zhang 说：你到底有没有长大呀？

笛子说：没有！

Mr.Zhang 说：你还蛮理直气壮的！

笛子说：我有啥不好意思的呢？咱家某个人到现在都感觉没长大！

没人听

Mr.Zhang 对笛子说：你一回来，你妈就老批评我，对我特别不满。

笛子说：我不在的时候她对你很满意吗？

Mr.Zhang 说：至少没人听她唠叨，她说着没劲儿。

势利

晚上，Ally 想让笛子一起到公园散步，可她时差还没倒过来，想睡觉。

散步回来的路上，Ally 对 Mr.Zhang 说：你动作轻点儿，别吵着孩子！要不明天早上再洗澡？

Mr.Zhang 说：你太势利了！没有这样讨好领导的！

指导

笛子这次在家只能待几天，然后到香港中文大学与她在耶鲁的教授 Deborah Davis 汇合，担任教授的研究助理。

Ally 给她挑了一大堆衣服，希望她穿得更职业化一些。
笛子说：你怎么只关心我穿什么呀？

Mr.Zhang 接口说：难道你还指望她指导你怎么做研究？

以身作则

由于很喜欢孟非，Ally 周末没事儿的时候会看《非诚勿扰》。笛子想凑过来一起看。

Ally 说：耶鲁高材生就别看这种无聊的节目了吧！

笛子说：你这样不以身作则的家长应该去听邹校长的讲座！

赫本范儿就是 Ally 范儿

这两天 Mr.Zhang 公司开年会，忙得四脚朝天的，回家很晚。没有人挑拨离间，Ally 和笛子母女俩相处得很友好，笛子嘴巴像抹了蜜一样，哄得 Ally 非常开心。穿上罗峥设计的那件裁剪非常简洁的连衣裙，Ally 说：我好喜欢这个 style，有点儿赫本范儿。

笛子赶紧说：赫本范儿就是 Ally 范儿！在我的字典里它们是近义词！

爸爸辛苦了

在笛子印象中，Ally 在经济上对这个家的贡献不大。昨天她发现桌子上的水电费和管理费上的名字都是 Ally，很好奇地问：这些都是你在付呀？

Ally 非常得意地说：你爸负责养我，我负责养家。

Ally 原来以为笛子会表扬一下自己的，结果笛子说：现在我才知道我爸为什么会这么累了！

三句话

笛子又去帮教授做研究了。临走前，Mr.Zhang 送给笛子三句话：听妈妈的话；遵从自己的内心；按爸爸的指示办！

笛子说：这不等于啥都没说吗？

过招

笛子说：室友们都超级喜欢与我同住，有我在，蚊子从来不咬她们。

Ally 说：在家的时候蚊子总咬我而不咬你爸。

笛子说：我爸皮厚。不过蚊子只咬我身上，很少咬我的脸。

笛子说完，就盯着看 Ally 的反应。大约过了一分钟，Ally 说：可能是你脸皮太厚了。

笛子说：你反应太慢了！我爸、小姨，还有苏拉阿姨都是高手，成天与他们过招也没见你进步呀？

Ally 说：哪有什么过招呀！只有中招的份儿！

你的 power 哪里去了

笛子说：在家的这段时间我准备报个班学习街舞。

Ally 说：街舞过多地锻炼下肢，不如报个芭蕾班吧。

笛子说：我就想练一下爆发力。别再试图替我做决定，我不是在和你商量，只是告诉你一声而已。

Mr.Zhang 听闻，对 Ally 说：我好同情你呀！你的 power 哪里去了？

Ally 说：你还是同情一下你自己吧！我的 power 都会用到你身上的。

专业的

笛子对 Mr.Zhang 说：老爸，你太厉害了，你怎么懂那么多东西呀？

Mr.Zhang 谦虚地说：哪里哪里！都是业余的，只有当爸爸是职业的。

笛子看着一旁的 Ally，忍不住挑拨一下，问道：那当老公呢？

Mr.Zhang 说：那是专业的！

职业病

Ally 的妹妹家养了一条贵宾犬，取名叫 Cookie，很机灵，笛子非常喜欢。

Ally 说：Cookie 还需要更多的训练，学会更多的招数。

笛子说：真是职业病呐，老妈！连狗都不肯放过。是不是接下去要逼它练钢琴啦？

降压药

遵照医嘱，Mr.Zhang 这个月每天早上起床就量血压。今天他看记录的时候发现 6 月 24 号那天血压最正常，他问：24 号发生了什么事儿吗？

Ally 想了想，说：笛子是 23 号晚到家的。

Mr.Zhang 说：这真比什么降压药都灵呐！

笛子回家住了一晚。Ally 对她说：你一回来，你老爸的血压就正常了。

笛子说：我要长期在家就不灵了。

Mr.Zhang 说：你千万不要频繁地来来去去的，不然我的血压上下波动太大了，受不了！

马屁拍错地方了

早上 Ally 急匆匆地去上班，笛子和 Mr.Zhang 夹道欢送。

Ally 说：难道你们就这么盼着我离开呀？

笛子说：完了，马屁拍错地方了。

一年到头

新年的钟声敲响之前，Mr.Zhang 抢着给 Ally 和笛子煮了汤圆，今天一早又主动煮了饺子，然后就心安理得地说：一年到头都是我做的饭，我容易吗？

时装界

Mr.Zhang 说：兴宁的那帮朋友说我看起来不像生意人。

笛子赶紧说：你这么儒雅，一看就是个文化人。

Ally 问笛子：我是不是一看就像个老师？

笛子说：你更像是时装界的。

资源再分配

景区的女洗手间外排着长队，Ally 往前侦查了一番，然后比划指挥了一通，队伍迅速缩短一半。

笛子问：老妈，你做了啥，怎么一下子快起来了？

Ally 说：男洗手间没人，我指挥同志们占领了男厕所，这叫资源再分配。

引出话题

笛子忽悠 Mr.Zhang: 老爸，你人缘怎么那么好呀？那么多人都喜欢与你聊天。

Mr.Zhang 说：他们不是喜欢与我聊天，而是喜欢我听他们聊自己。

笛子说：这更不容易做到。

Mr.Zhang 说：其实很简单，我要做的就是引出他们感兴趣的话题就行了。

"舍己为人"

闲聊的时候，笛子问 Ally: 如果你是男的，你愿不愿意娶你这样的女人？

Ally 说：我愿意娶现在的我，从前有些任性，不是很靠谱。

笛子说：我爸真是太勇敢了，得给他颁发一枚"舍己为人"的勋章！

别一次表扬太多

Mr.Zhang 下班回来，笛子对他说：我妈妈今天有一个非常好的创意，值得表扬！

Mr.Zhang 说：这次家里翻新，你妈把阳台封起来的做法也很好，也要好好表扬。

笛子说：一次表扬太多了，她会不会骄傲啊！

Mr.Zhang 说：有道理！要不把第二条撤回，留着下次再用！

全方位追赶时尚

看见朋友分享的一幅摄影作品，Ally 说：这幅图可以很好地表现出我在 SWIS 工作后时常会有的那种深入骨髓的孤独感……

笛子说：哎呀，我的老妈妈，人群中的孤独，好高大上啊！

Mr.Zhang 说：你妈是全方位追赶时尚！

笛子问：怎么讲？

Mr.Zhang 说：孤独再往前一步就是忧伤，再进一步的话就是现在非常流行的抑郁症了！

良母

参加完五年级毕业典礼回到家里，Ally 仍然很激动，感慨道：一个学生如果能遇上良师真的非常幸运！

笛子说：一个孩子要是碰到一个良母那是一辈子的幸运，比如说我吧！

Ally 明知她在忽悠，懒得回应。

果然，眼睛的余光瞟见她和 Mr.Zhang 悄悄击掌，庆祝忽悠成功！

让他人有所成长

Ally 和笛子闲聊，Ally 说：你老妈我这些年最骄傲的就是能让与我共事过的人或多或少地都有所成长……

笛子说：比如说我爸吧，成长得就非常好！

Ally 哭笑不得地说：你会不会聊天呀？能正经点儿不？！

"腐败"

Ally 从上海打电话回家，Mr.Zhang 说：领导不在家，我们两个有点儿迷失了方向。

Ally 追问：赶快坦白交代都干了啥好事儿？！快让我女儿听电话！

笛子接过电话，说：趁你不在家，我们好好调养了一下自己，吃了一点儿平时你不让吃的东西，准备再去看场无聊的电影……

我偏不给她机会

前两天，看见 Ally 忙进忙出地照顾生病的笛子，Mr.Zhang 对笛子说：看你妈妈对你多好呀！我从来就没有享受过这种待遇。

笛子说：如果你生病的话，我妈也会这样照顾你的。

Mr.Zhang 说：我偏不给她这样的机会！

不料昨天下班回来，Mr.Zhang 满脸疲惫，对 Ally 说：我头疼，鼻塞，浑身无力。

Ally 摸摸他的额头，感觉有些发烫，一量体温，果然有些低烧。

他自己非常不好意思地说：看来有些话还真是不能随便说的！

博导

笛子对 Ally 说：你不在家的这些天我每天陪老爸散步聊天，学到不少东西。他像我的博导！

Ally 说：可你爸抱怨说你这个学生十分难搞。想法不少，问题太多，不太好糊弄！

逛衣帽间就够了

这些年 Ally 没少以笛子的名义购物，一方面满足了自己的购物欲，还可以心安理得，所以笛子每次回国，Ally 都会鼓励她多带些走。

笛子的朋友问她：你回中国后会逛街吗？

她说：我逛我妈的衣帽间就够了！

太会忽悠

Mr.Zhang 他们港中大 EMBA 班每年都会聚聚，他作为班长会协调安排一下。

今年主要负责组织工作的女同学是位虔诚的基督徒。昨天，她打电话给 Mr.Zhang，抱怨有些同学工作不得力。Mr.Zhang 开解了她一会儿，然后加了一句：谁让你是离上帝最近的人呢？！

女同学立马停止抱怨，积极商讨下一步的计划。

笛子跑到房间对 Ally 说：我爸太会做思想工作了。说得直白点儿吧，就是太会忽悠人啦！

教育的重任

看到 Ally 要向笛子学习的微信，Mr.Zhang 非常郑重地说道：该教的我也都教给你了，也该歇口气了，以后教育你的重任就交给笛子了！

眼神不好

昨天 Ally 在微信里嘲笑 Mr.Zhang 要么眼神有问题，要么是心态实在太好。

笛子留言：一定是心态好，眼神不好不会找你的啦。

Ally 回复：我恰好是因为眼神儿不好，胡乱地就撞上了他。

超越不了的年龄

虽然笛子已经回学校了，很多话题仍然围绕着她展开。

Ally 说：耶鲁的这段日子让她整体提升了许多，怎么感觉她样样都比我强了呢？

Mr.Zhang 说：你真是过于谦虚了。至少有一点她是永远超越不了你的。

Ally 说：哦？

Mr.Zhang 坏坏地蹦出两个字：年龄！

差距

大姐说：今天笛子给你俩打电话，你们都没接，她就打给我了。我对她说你妈在开政协会，你爸打高尔夫去了。

Mr.Zhang 说：这样一听，差距咋那么大呢？

还缺一条

笛子一再提醒 Mr.Zhang 不要自作主张地给 Ally 买礼物，要带着 Ally 一起挑。

昨晚，两个人逛了好久，最后挑中一条红格围巾。

Mr.Zhang 问：你到底有多少围巾呀？

Ally 说：好多都已经送人了！

Mr.Zhang 问：够不够用？

Ally 说：不够！还缺一条！

灯笼裤

　　散步的时候，Ally 穿上从云南买回的灯笼裤。

　　Mr. Zhang 对笛子说：看你妈妈这身打扮，像不像个武林高手？

　　笛子说：看那架式，估计伤不着人。

　　Mr. Zhang 说：直接伤心！

联合国翻译官

　　笛子男朋友和家人从哈萨克斯坦来深圳。Ally 发现各国男人都差不多的，谈论起国际国内大事都劲头十足，哪怕语言不通也没关系，一样聊得没完没了！中途，Ally 多次试图把话题拉回来，聊点儿家里的正事儿，均以失败告终。

　　可怜的笛子一个晚上忙着翻译，汉语、英语、俄语、哈萨克语轮番上阵，仿佛联合国开大会似的。

"首长"来电啦

这段时间住在国际部公寓，散步地点从公园改为操场。

昨晚，Mr.Zhang 站在操场边向电脑老师请教技术方面的问题，Ally 只好一个人绕着跑道快步走。一会儿，远远地听见 Mr.Zhang 在叫：邬校长！ Ally Wu!

见 Ally 没有理他，Mr.Zhang 提高嗓门，继续叫：老婆！快过来，"首长"来电啦！

Ally 知道是女儿的电话，赶紧往回跑，接过电话，里面传来笛子的笑声，半天停不下来。

由她

Ally 很无奈地对 Mr.Zhang 说：你家的野丫头又和朋友到"犹他"露营去了。

Mr.Zhang 说：我们也只能"由她"了！

"扯"出真爱

苏 拉

　　那是2008年的一个秋天，在深圳中心书城南区的大台阶处，人头涌动，许多人手捧一本或几本《爱的叮咛》，排着长队等候作者晓莉签名，场面非常壮观。

　　我和两个女友也手捧宝书挤在人流中，眼见人越来越多，便决定把机会先让给大家，找个地方静候。于是走进旁边的仙踪林，映入眼帘的是一个孤独坐在落地玻璃旁的帅气男子，走近一看，竟然是健哥。我们欣欣然在他身旁入座，叫了几杯饮料，一边聊天，一边透过落地玻璃，看不远处的晓莉时而挥笔疾书签名，时而起身跟读者合影，时而握手，时而寒暄，脸上始终保持灿烂的笑容，分外自信、美丽。

　　我们几个小女子不由感慨：晓莉事业那么成功，家庭又那么美满，真是个幸福女人啊！感慨之余纷纷采访健哥："健哥，你施了什么魔法让晓莉一直保持这么好的状态啊？""健哥，作为一个成功女人背后的男人，你觉得自己付出最多的是什么？""健哥，你也是啊，这么多年也没什么变化，你们的保鲜秘诀是什么呀？"对于我们连珠炮似的提问，健哥但笑不语，注视着正站在"《爱的叮咛》读者见面会"巨幅宣传栏前跟一群读者合影的晓莉，良久，貌似漫不经心却又掷地有声地说："真爱！"

一点不夸张地说，就这么简单的一个词两个字，当时把我们几个都镇住了。沉默数秒之后，我们忍不住微笑、赞叹，以为妙绝。虽然事后健哥一再解释当时是为了配合我们的调侃，纯属玩笑之言，但这个段子由于我的传播在朋友圈里已经广为人知了。

这个场景中的晓莉和健哥，就是这本书里的 Ally 和 Mr.zhang。因为多年的习惯，我还是在这篇文章里称他们为晓莉和健哥。

那以后，我在许多不同时空跟许多不同的朋友分享过这让我印象极为深刻的一幕，我知道，在很多公众场合，健哥常常都是以这样在一旁默默微笑注视晓莉的姿态出现。不是晓莉身上诸如"十佳校长"、著名教育家、政协委员等众多的光环笼罩了他，而是他自愿退到这些光环之外，笃定轻松地看着被孩子被家长被各色人等簇拥着的晓莉，眼神里有欣赏有宠爱有自得。在旁人看来，健哥是晓莉的男配角，真正了解熟悉他们的人，或者读完这本书的读者，就会知道在他们的生活中，健哥其实是不折不扣的男主角甚至是幕后导演。而健哥的智慧就在于，明明占着主角的地位，却表现出配角的姿态，于是进退自如，游刃有余。

晓莉和健哥的婚姻即将走过25年，而我认识他俩已23年，几乎见证了他们的婚姻历程。记得刚到深圳初识他们的时候，他们的女儿笛子刚开始蹒跚学步，他俩人前人后只要在一起，就不由自主地十指紧扣。出于大家都懂的复杂心理，我总是笑他们："你们的蜜月期还真长啊！"心里还不免阴暗地想：用不了多久就是左手牵右手的感觉了。十多年过去，笛子亭亭玉立，去往美国求学，两人依然人前人后地牵手恩爱，我继续出言讥讽："你俩又十指紧扣粉碎传言啊！"转眼二十多年过去，笛子已从耶鲁大学毕业，开始游走世界，而他俩粉碎了无数传言，两只手似已然长在了一起，亦终致我无语。

古往今来，多少美丽的爱情在婚姻的坟墓中垂死挣扎，有的左冲右突、壮烈牺牲，有的苦尽甘来、凤凰涅槃，有的半死不活、苟且偷生，健哥和晓莉的爱情却在婚姻中自然、简单又坚韧地生长。

为了深入完成这篇序，也为了自己和更多的朋友从两位主人公身上分享一些婚姻的智慧，我向他俩提出了九个问题，请他们分别回答。在此与大家分享其中几个问题的答案，更隐秘的部分我决定私藏。

❖ 问题之一很老土但必须：你认为爱的真谛是什么？

晓莉回答：爱的真谛就是从不考虑什么是爱的真谛，保持真实自然的状态。

健哥回答：欣赏与包容对方。

两人的答案虽然不尽相同，却配合得天衣无缝。在我看来，正是健哥的欣赏与包容，才令晓莉得以一直保持着真实自然的状态。

十多年前，晓莉调任深圳外国语学校分校（现百合外国语学校）的校长，要从零开始创办一所学校，可谓压力山大。她几乎把全部时间都给了这所学校，无暇顾及家务、安排家庭生活；工作上遇到困难，心情焦躁时，难免会殃及健哥……诸如此类，健哥不仅不怨不恼、全盘接受，还主动积极地出谋划策，为晓莉排忧解难。十年之后，深外分校已经成为深圳名列前茅的优质中学，有口皆碑，晓莉也成为著名的校长、教育专家。所以我常开玩笑说，晓莉的军功章里有健哥的一半。

事业上，健哥是晓莉背后的男人、坚强的后盾，生活中健哥对晓莉也是无限包容。有一次我们一起去日本旅行，在蛇口码头集合，人潮中他俩自然又十指紧扣地出现，让我石化的是他俩穿着胸前印着两颗大大爱心的苹果绿情侣衫。见我双眼圆睁正欲呼出"Oh My God"，健哥大义凛然地对我说："我就知道穿这衣服又会招你的怪话，但她喜欢，非要穿，那就穿喽，爱说啥说啥！"我还能说些什么呢，除了感动景仰崇拜，没有更好的办法。想想看，一个事业有成、沉稳持重的中年男人，穿着鲜艳的情侣衫，光天化日之下与老婆牵手招摇过市，这是一种什么样的精神？！

最近这些年，晓莉迷上了户外行走，主要诱因是结识了走遍深圳山山水水、有"深圳的眼睛"之誉的南兆旭大哥，于是她呼我应，成立了南哥的"小睫毛"粉丝团，豪情满怀地要跟随南哥的脚步走遍深圳，隔几周就呼唤南哥带"小睫毛"去行走，而且不断升级装备，越来越专业。健哥爱出汗，怕热，对挑战野外不是非常热衷，于是常常泼点冷水。但他从不正面泼，有时关切晓莉的身体，说觉得她最近太累了，需要好好歇息；有时拿晓莉的皮肤说事，怕太阳晒到会过敏；实在没辙就大声背诵风雨雷电的英文单词，好似龙王上身，还是外国的。但在这件事上健哥始终成不了大气候，完全阻挡不了晓莉前进的步伐。可贵的是，一旦既成事实，健哥又会马上端正态度，积极上道，从不找理由逃避，无论去哪里，都始终陪伴晓莉左右。而且还一边走马观花，一路插科打诨，让行走愈加欢乐，而每次行走他都会沦为一个不折不扣的"湿人"。

今年五一，晓莉又张罗我们跟南哥到野外露营，健哥用英文呼风唤雨几天未果，依然负重跟随上岛。晚上在山顶露营，天空星月同辉，身畔海浪声声，为不负这般良辰美景，大家频频举杯。晓莉兴致最高，喝了好多红酒，嚷着再斟，健哥把住酒瓶柔声相劝："可以了吧！"晓莉嗔道："人家第一次露营噢，多难得啊！"健哥立马斟上。酒酣之时，大家起舞高歌，以天地为舞台，轮流表演。末了，晓莉高举酒杯，一定要我唱首自己写的歌，我不肯唱，晓莉就带着大家起哄。我把求助的目光转向健哥："管管你老婆啊，人家很低调的。"健哥无限宠溺地看了正举杯摇摆的晓莉一眼，坏笑着对我说："我老婆就这样！"那一眼我也是醉了，只好满足了晓莉的愿望。

晓莉是一派的真实自然，健哥是满心的欣赏和包容，所以他俩表面上给人的感觉是妇唱夫随，实际上是健哥在主导，因为包容的力量才是最强大的。正如晓莉自己的感言："精神上很依赖他，时间越久，越感到幸运。他的包容让我更能悦纳自己。"

❖ 问题之二：如何在漫长的岁月中保持真爱？

常言岁月无敌，我很想知道他们的真爱是如何抵挡岁月的种种侵蚀而保持新鲜不腐。

晓莉回答：凡事好好沟通，接纳、包容不足。多赞美，善忽悠。有各自的事业和朋友，有独立的空间和时间。发展共同爱好，交一些共同的朋友。善待彼此家人。男人也是要宠的，在外面打拼，端着累着，在家就让他彻底放松。

健哥回答：让生活持续生动有趣。

不同的诠释，却互补得恰到好处。其他的不必说，单是"多赞美，善忽悠"这点，健哥的情商就远远超越晓莉的要求，而晓莉的简单易哄更激发了健哥的这个优势。

记得好多年前，那时我跟晓莉还在一间办公室、带同一年级，有一天她在办公室很开心地说她过生日，老公送了一辆车给她，我们都很羡慕她，七嘴八舌地热议。突然有同事提问："晓莉你有驾照吗？会开车吗？"晓莉都否定了。同事说："那你高兴啥？你又动不了，还不是你老公开。"晓莉茫然地说："但写的是我的名字啊！"同事又恨铁不成钢地启发：

"写你的名字又怎样？只是名义上而已，没有实惠。你真是傻，被老公忽悠了还乐成这样。"晓莉想了想，笑着说："无所谓呀，反正他也是我的司机。"瞧，晓莉就是这样乐于被忽悠的。

健哥在朋友中也是以风趣幽默著名，在各种活动、各年龄层中都保持着超高的人气。有一次我们几家人一起去旅行，从蛇口码头坐船到了香港机场，安检后到候机楼吃了港式快餐，接着坐小火车到登机口。小火车上没有座位，扶手很人性化，一根主杆在中间部分叉成三根，几个人可以分别握着分支扶手围站在一起。我像发现新大陆般说："我们几个好像在跳钢管舞噢！"健哥说："我刚才也这么想，没好意思说，好像一握就想跳的感觉。"大家集体乐了。健哥又说："其实我们现在就可以回去了，汽车、轮船、火车都坐了，吃也吃了，笑也笑了，蛇口码头—香港机场一日游，还不累，挺好的。"于是大家又乐一番。

每每这种时候，笑声最有感染力的就是晓莉，还伴随着热泪盈眶，以至于我的旅行笔记上记载晓莉的职能除了外联就是沿途提供傻笑。当然，她的笑声里还饱含着欣赏和傲娇。在《扯》这本书里，晓莉充分暴露了健哥的幽默风趣，大到国家世界宇宙，小到城乡八卦毛发，都是他调侃的对象，令人忍俊不禁。大家读完这本书就会有深切体会。

健哥就是擅长用这样轻松有趣的方式面对生活，四两拨千斤，正中晓莉下怀。而晓莉也用自己的方式宠着健哥，正如她所说："男人也是要宠的，在外面打拼，端着累着，在家就让他彻底放松。"

晓莉跟我聊天时，常说起"反思"这个词。她说以前自己是比较任性的，不大顾及健哥的感受，健哥刚创业的时候，应酬比较多，她就会生气发脾气，甚至会把晚归的健哥拒之门外。后来她慢慢意识到两人之间许多感觉应该是互相的，她反思自己有时候过于任性，不够体谅，会因为事务繁忙而忽略对方，便开始调整、改变自己。她充分发挥了巨蟹座的特质，把家里的每个角落都布置得精致清雅、舒适宜人；更关爱家人，利用春假，组织两家的老人去旅行；关注健哥的身体健康，注意饮食搭配，水果、茶点都送到健哥手上；饭后坚持一起散步、聊天，创造沟通的机会，总有说不完的话；每年都安排结婚纪念旅行，享受二人世界……

晓莉在享受健哥赞美的同时也不忘回馈，她也常常由衷地赞美健哥，说健哥有大将风范，无论工作还是生活上遇到什么棘手的事都稳得住，极少表现出焦躁怨怒。健哥的爱读书、博学也常让她钦佩，说他给女儿树立了很好的榜样，笛子很佩服爸爸，自己专业上的问题也经常会跟爸爸探讨。现在笛子成长得如此国际化，她爸爸的影响力起了关键作用。笛子在生活情感上依赖晓莉，在精神思想上依赖健哥，表现出他们为人父母的角色定位也是很成功的。

创造持续生动有趣的生活，彼此付出、接纳、沟通、包容、欣赏、赞美，这是晓莉和健哥二十多年来沐浴真爱的秘诀，也让很多朋友膜拜。有一次，我偶然在超市发现一个食品品牌居然叫"真爱"，大喜，忙大量购入这个品牌的各种食品，在一起旅行的时候发给大家，所有人都欢呼雀跃，成就了名副其实的"真爱之旅"。看来，大家都希望分享他们真爱的甜蜜，沐浴真爱的光辉啊。

❖ 问题之三：你们现在的感情是爱情？亲情？还是兼而有之或其他？

晓莉回答：应该是兼而有之，是亲人、朋友，也是爱人。

健哥回答：多情。

晓莉在认真回答完我的九个问题后，说"估计他的答案没啥正经话的"，其实健哥回答得正经又不失风趣。在夫妻之间，也只有这样多种情感的交融，才能让婚姻关系更和谐坚韧吧，任何一种单一的情感都不足以与生活和岁月抗衡。

于是，作为他们的好朋友，我看着他们一起这样幸福地走过了二十多年。他们总是永不厌倦地紧紧相随，在小车、轮船、飞机上，在深圳的海边、山道，新疆的赛里木湖畔，日本的富士山下，莫斯科的红场，巴黎的塞纳河边，布拉格的查理大桥，我都偷拍下了他们十指紧扣的背影。健哥每到一个地方都会让晓莉待在避风处，叮嘱她戴好帽子，怕她犯头痛的老毛病；夏天一起外出时，晓莉的包里总会给健哥多带一件衣服，以便爱出汗的健哥随时更换；旅行时健哥也总是把晓莉的包抢过来背在自己肩上，从来不觉得自己背着女士拎包有丝毫违合；晓莉最紧张的事是每天不能误了吃饭的点，不然健哥的胃会受不了……看到他们，就看到了幸福的样子。

　　一个女朋友初次认识晓莉和健哥，就说晓莉一眼看上去就是心里还住着少女的幸福小女人，而健哥则是能包容她任性给她幸福的好男人。晓莉私下对我说："说真心话，我觉得他比我好。他爱看书，格局比我大，肉麻一点儿地说，他是可以让你变得更好的那种人。"而健哥说，晓莉的存在对他而言就是归宿，只要认定了这个人，遇到什么问题都可以克服。

　　前不久，"凤凰大视野"播出了纪念深圳特区成立35周年的纪录片《先行者》，晓莉和健哥在其中讲述了他们的爱情如何在深圳开花结果。晓莉说健哥给她写过一首诗，她只记得一句"冷得发烫的月光"，于是立刻传为美谈。健哥在节目最后说，还是要相信爱情，相信爱。

　　感谢晓莉和健哥，让我们相信依然有美好的爱情和理想的婚姻存在。他们是彼此的初恋，并一直如久别重逢般地生活在一起。

　　今年是他们结婚25年，晓莉将她与健哥之间日常的言来语去记录下来，配以生动的插图，集结成书，真是最好的纪念。他俩言语之间你来我往、进退自如，表面冷嘲热讽、内里打情骂俏，真情流露、笑意盎然。名之为《扯》，颇得健哥清谈荤谈杂谈不忌之风。朋友们用一句东北俗语夸健哥："尿壶镶金边——嘴好！"仿佛唯有如此才能襄扬健哥的语言智慧。晓莉在书中虽然是作为捧哏出现，却绝对容不得半点忽视，她如说不出那样的上联，他也就发挥不出那样的下联。

　　由此可见，她和他，Ally和Mr.zhang，这一辈子，真的是对上了，于是，扯出了真爱。

　　作为他们最好的朋友，我仅以这篇立志要超他们书中文字长度的跋，祝福他们继续扯，一直扯，扯不断，扯不乱，扯到天长地久，海枯石烂。